COLLECTION FOLIO

Michel Déon

Une affiche bleue et blanche

et autres nouvelles

Gallimard

Ces nouvelles sont extraites du recueil
Un parfum de jasmin (Folio n° 1055).

© *Éditions Gallimard, 1967.*

Michel Déon est né à Paris en 1919. Après des études de droit, il est mobilisé jusqu'en novembre 1942. Resté en zone Sud de la France occupée, il collabore à diverses revues. À la Libération, revenu à Paris, il est journaliste dans un magazine puis, à partir de 1947, correspondant en Suisse et en Italie. En 1950, une bourse de la fondation Rockefeller lui permet de partir pour les États-Unis et au Canada qu'il sillonnera pendant un an alors que son premier roman *Je ne veux jamais l'oublier* est publié en France.

De retour en Europe, il écrit *La corrida, La carotte et le bâton, Les trompeuses espérances, Les gens de la nuit* et collabore à la *Revue de la Table Ronde, La Parisienne, La Revue des deux Mondes*. Ses admirations et ses amitiés vont à Morand, Chardonne, Aymé, Anouilh, Blondin, Laurent, Nimier. En 1958, il s'installe pour quelques mois au Portugal où il reviendra souvent, puis part pour la Grèce où, à part un bref retour à Paris, il travaille aux *Poneys sauvages* (1970, prix Interallié). À partir de 1970, partageant son année entre la Grèce et l'Irlande, il donne *Un taxi mauve* (Grand Prix du roman de l'Académie française) dont Yves Boisset tire un film joué par Charlotte Rampling, Philippe Noiret, Fred Astair. Le public accueille très généreusement *Le jeune homme vert* et *Les vingt ans du jeune homme vert*, grands romans picaresques dont le héros a le même âge que l'auteur. Définitivement installé en Irlande, il rassemble ses souvenirs de Grèce dans *Pages grecques* : « J'ai, écrit-il, sur une trentaine d'années, réuni une gerbe d'histoires, de caractères, de souvenirs qui évoquent le parfum de ces îles et leur séduction comme aussi leur tristesse et leur déchéance. »

Sa vie vagabonde a nourri ses livres et provoqué son imagination entre l'héritage méditerranéen et la tradition celtique. Il est membre de l'Académie française depuis 1978.

Découvrez, lisez ou relisez les livres de Michel Déon :

JE NE VEUX JAMAIS L'OUBLIER (Folio n° 2157)
LES TROMPEUSES ESPÉRANCES (Folio n° 2489)
TOUT L'AMOUR DU MONDE (Folio n° 1016)
UN PARFUM DE JASMIN (Folio n° 1055)
LOUIS XIV PAR LUI-MÊME (Folio n° 2305)
LES PONEYS SAUVAGES (Folio n° 71)
UN TAXI MAUVE (Folio n° 999)
LES GENS DE LA NUIT (Folio n° 557)
LE JEUNE HOMME VERT (Folio n° 2858)
LES VINGT ANS DU JEUNE HOMME VERT (Folio n° 1301)
MES ARCHES DE NOÉ (Folio n° 1211)
BAGAGES POUR VANCOUVER (Mes arches de Noé, II) (Folio n° 1886)
UN DÉJEUNER DE SOLEIL (Folio n° 2857)
LA CORRIDA (Folio n° 1350)
LA CAROTTE ET LE BÂTON (Folio n° 1471)
« JE VOUS ÉCRIS D'ITALIE... » (Folio n° 1720)
LA MONTÉE DU SOIR (Folio n° 2038)
LE PRIX DE L'AMOUR (Folio n° 2579)
PAGES GRECQUES : LE BALCON DE SPETSAI – LE RENDEZ-VOUS DE PATMOS – SPETSAI REVISITÉ (Folio n° 3080)
LA COUR DES GRANDS (Folio n° 3106)
MADAME ROSE (Folio n° 3323)

*Une affiche
bleue et blanche*

De soir en soir, nous le voyions se décomposer. Son visage assez beau dans sa brutalité, se creusait de rides profondes et noires. Certes, une figure humaine se dessinait encore, avec des yeux, un front bas, une bouche mais ces éléments — on l'aurait juré — allaient bientôt se séparer, éclater comme les morceaux d'un puzzle, à moins que l'un d'eux dévorât les autres, et, dans ce cas, ce seraient les yeux noirs, fiévreux, enfoncés sous les orbites qui absorberaient le reste du visage. Je n'avais jamais remarqué pareille et aussi rapide dislocation d'un être sous l'empire d'une femme. Les femmes préfèrent mettre des années à ruiner un homme et encore ne s'attaquent-elles pas à ce genre assez fruste sous la peau épaisse duquel on devine un jouisseur sans problème, le type du bellâtre qui triomphe sur les plages, dans les casinos et les boîtes de nuit.

Telle était, du moins, l'image qu'il nous avait offerte de lui-même en débarquant quinze jours auparavant du bateau, dans ses vêtements un peu trop élégants, sentant un peu trop le bon faiseur. Je me souviens que, le premier soir à la taverne, il avait étalé sur la nappe de toile cirée, avec un rien d'ostentation, ces objets qui font toujours penser à des cadeaux féminins : fume-cigarettes en écaille, étui à cigarettes et briquet en or, et que sa montre-bracelet également en or venait de chez un grand bijoutier de la rue de la Paix.

La femme, avec plus de naturel que lui, avait troqué le tailleur de tweed pour un pantalon de coutil délavé et un chandail à col roulé. Belle ? On n'aurait pas pu le dire exactement. Elle était grande et large d'épaules, éclatante de force et de santé, la bouche assez amère, le nez fin et les yeux clairs, aussi clairs que ceux de l'homme étaient sombres, mais vifs et brillants alors que son compagnon promenait autour de lui-même un regard lourd, comme désabusé, fatigué avant l'âge de contempler des choses ou des êtres dont il avait depuis longtemps fait le tour, attitude qui pouvait être aussi sincère qu'affectée.

Et que venaient-ils faire dans cette île, car c'était l'hiver ? Le bateau ne débarquait plus de touristes, rien que des colis, des chèvres, des paysannes à la joue gonflée sous le foulard noir parce qu'elles étaient allées se faire arracher une dent au Pirée, ou épuisées, verdâtres de mal de mer, serrant contre elles un enfant maigriot et têtu chez qui ces charlatans de médecins du Pirée diagnostiquaient des maladies absurdes et toujours coûteuses. Oui, que venaient-ils faire ? Le village balayé par le vent froid du Nord, le port mal abrité où ne se balançaient plus que des caïques de pêche attendant une accalmie pour sortir, la boutique de frivolités fermée, les tables et les chaises empilées devant les vitrines des tavernes où l'on se rassemblait maintenant à l'intérieur autour du poêle porté au rouge, tout cela ne rappelait que de loin, de très loin, la grande affiche bleue et blanche — la mer et le village chaulé — du Syndicat d'initiative. Dans son cadre de bois, contre le mur de la gendarmerie, l'affiche avait souffert d'une tornade et de la pluie. Elle n'attirait plus autant le regard, mais, en arrivant, le couple l'avait néanmoins aperçue et s'était dirigé vers elle comme vers un repère connu, et peut-être avaient-ils, l'un et l'autre, parcouru des milliers de kilomètres pour découvrir notre île parce que dans un quelconque bureau de voyage cette photographie en couleurs d'un paradis encore sauvage les avait fascinés. Mais il n'y a de paradis que saisonnier, et, vraiment, pendant l'hiver, des journées lugubres s'abattaient sur nous et si l'on avait le malheur d'être désœuvré, sans un métier à tisser, sans une chaise à sculpter, sans un livre à écrire, la mélancolie creusait lentement en vous un chemin de taupe, effritait le moral le plus solide. Il est vrai aussi que l'on pouvait encore résister si l'on était doté d'une nature placide et contemplative, ce qui paraissait le cas de la plupart des insulaires — une nature remontant à plusieurs siècles — mais nos étrangers n'avaient pas appris à rester des heures le front collé à une vitre, en roulant et déroulant autour du doigt un chapelet d'ambre ou, plus fréquemment, de plastique.

Ils avaient élu domicile chez Mme Pitsikoki qui loue des chambres sur le port, et dînaient le soir à la taverne de Frangias, la seule qui restât ouverte, la seule aussi où les ouvriers — de jeunes garçons entre seize et vingt ans —, des bergers descendus de la montagne pour vendre leurs fromages, quelques pêcheurs, se rassemblaient pour boire et chipoter dans des assiettes de frites, de poissons grillés ou de salades de choux pendant qu'un phonographe à piles bramait des chansons grecques, toujours les mêmes, rauques hurlements d'amour repris en chœur par des voix fausses, coupés de temps à autre par une mélodie plus douce et plus poignante, quelque poème de Seferis mis en musique par Theodorakis. Dans le village mort dès huit heures du soir, barricadé pour ne plus entendre la plainte du vent, cette taverne restait le seul endroit où l'on trouvait un peu de vie, une certaine chaleur. Le samedi soir, quand les ouvriers avaient reçu leur paye, on y dansait avec application d'abord, puis une certaine fureur qu'aggravait le vin résiné tiré à pleines carafes des grands tonneaux peints en bleu. Il ne fallait naturellement pas espérer y rencontrer une femme, sauf une étrangère. Mais si nous étions, depuis longtemps, un couple assimilé auquel on ne prêtait plus qu'une attention amicale, il n'en était pas de même pour cette belle jument américaine, resplendissante de force et de santé. Je ne crois pas qu'elle s'en rendît compte les premiers jours tant elle était occupée à parler à son compagnon qui l'écoutait sans la regarder, ne manifestant que par de légers haut-le-corps ses réactions, pour retomber ensuite dans une apathie singulière. C'est alors que je compris qu'elle le détruisait avec des mots, des mots sans doute si terribles qu'elle pouvait seulement les prononcer à voix basse. Comme elle parlait avec lenteur, en ayant presque l'air de détacher les syllabes, j'imaginai même qu'elle cherchait les termes les plus exacts, les plus vicieux pour le fouiller et le blesser au seul endroit qu'il avait sensible. Il possédait donc, malgré les apparences, un point sensible et, peut-être, un intérêt quelconque. Mais le couple décourageait une approche normale et même ce simple coup de tête que des étrangers échangent dans une île on ne sait pourquoi car, en principe, ils ne viennent pas pour se retrouver mais pour se fuir.

Auraient-ils, l'un et l'autre, compris ce que l'on disait d'elle qu'ils n'auraient pas pu le tolérer. Ces hommes mûrs accablés chez eux d'épouses hypocondriaques, ces bergers solitaires dans la montagne (mal satisfaits par une brebis parée de rubans roses ou bleus), ces jeunes garçons costauds et pleins de vie que ne pouvait satisfaire à elle seule la lourde mais légère épicière de l'agora, tous se déchaînaient en paroles dès le deuxième verre de vin et donnaient libre cours à leur libido. C'était pénible et gras. Plus d'une fois nous partîmes de bonne heure pour ne pas avoir l'air de nous faire les complices de ces orgies verbales et je pensais combien nous étions tous, toujours, ignorants de l'image qu'autrui se fait de nous et donc incapables de nous connaître nous-mêmes avec un tant soit peu d'objectivité. Objectivité toute relative d'ailleurs, car ce que ces Grecs pensaient de l'étrangère, était entièrement subjectif, conditionné par leurs complexes de frustration, mais le personnage de cette femme, invinciblement, finissait par ressembler à la somme de ces désirs épais, par être entouré d'une aura de volupté qui devenait plus vraie que sa vérité improbable. Dès la première semaine je succombai à mon tour, victime de ce délire obscène qui passait au-dessus de nos têtes, et je commençai à la voir comme une Walkyrie érotique, une dévorante capable d'embraser les appétits les plus timides et de les satisfaire. Il lui manquait des bottes et un fouet, peut-être une casquette à visière de cuir et une croix en or entre les seins, pour ajouter au vice, si terriblement ennuyeux, le piment du blasphème.

Si je n'avais pas été occupé à écrire un livre qui m'absorbait presque tout entier, j'aurais volontiers laissé mon imagination galoper autour de ces deux êtres déracinés, absurdes en hiver dans un endroit pareil où manquait tout ce superflu qui devait être leur passion. Comment, pourquoi s'en étaient-ils séparés? Mme Pitsikoki qui ne louait des chambres — on la disait riche — que pour avoir sous la main une source de commérages, se désespérait qu'ils ne lui fournissent pas de potins solides qu'elle aurait pu amplifier, enjoliver comme elle en avait l'habitude. Deux ou trois fois, elle leur avait amené son cousin, un vieux confiseur qui avait vécu trente ans aux États-Unis, pour lui servir d'interprète. Mais non, ils n'éprouvaient aucun besoin d'un traducteur, on s'exprimait très bien par signes et, mieux encore, ils s'avouaient satisfaits de leur chambre, des conditions acceptées aussitôt sans discussion. La nuit, des murs épais protégeaient leur sommeil et s'ils se livraient à des ébats étranges, nul ne pouvait le savoir. L'après-midi quand ils ne se promenaient pas, ils parlaient, semble-t-il, interminablement et Mme Pitsikoki en entrant dans leur chambre avec un chapelet d'excuses bien préparées, les trouvait presque toujours dans la même position : l'homme allongé sur le lit, à peu près inerte, les yeux clos, ne les rouvrant même pas à l'irruption de la logeuse, la femme assise dans le grand fauteuil de reps verdâtre, face à la fenêtre d'où l'on aperçoit le port et ses caïques, et au-delà de la jetée, la mer et une suite d'îlots rocheux gris piquetés de ronciers. Elle ne s'arrêtait pas de parler mais tournait la tête pour foudroyer du regard l'indiscrète commère qui se retirait, et, sur le palier, se signait.

Au début, ils avaient goûté avec répugnance

le vin résiné, mais la taverne n'offrant rien d'autre, ils durent s'en contenter et semblèrent s'y habituer au point qu'au bout d'une dizaine de jours, Yorgos, le serveur, remplissait leur carafe chaque fois qu'elle était vide, sans même demander leur avis. L'étrange goût de la résine qui a macéré dans le tonneau masque la teneur en alcool du vin, et si l'on n'y prend pas garde, on est surpris, croyant boire une piquette d'après les vendanges, alors qu'on s'enivre doucement, que l'étau se resserre sur les tempes. Le résiné de cette année-là était particulièrement fort. Il avait très peu plu en septembre et le raisin était acide quand nous l'avions cueilli dans la vigne en terrasse de l'oncle Mitso. Je l'avais foulé aux pieds avec les fils et les neveux dans la grange pendant que les femmes recueillaient en dessous de la cuve, le liquide trouble et un peu rosé et je n'oubliais pas les vapeurs délétères accumulées sous la charpente, ce parfum de pourriture qui saoulait très vite tandis que nous trépignions sur place au son d'un bouzouki. Pendant quelques soirs, les étrangers ne parurent pas s'apercevoir de la nocivité du vin de cette année-là et quittèrent la taverne en chancelant. Ils gagnaient difficilement la porte et devaient se prendre par le bras pour ne pas trébucher. L'espace de quelques instants, ils reformaient l'image d'un couple, d'un très beau couple où chacun prenait un soin attendrissant de l'autre. Elle se taisait alors, mais relevait la tête dans un geste de défi, belle lionne qui n'acceptait pas la plus petite humiliation. Et lui aussi, malgré sa faiblesse passagère, semblait dans son élément, comme si, depuis sa jeunesse, il avait appris à tenir tête à l'alcool qui n'abat que les mauviettes. Il était vraiment singulier que, saouls, ces deux-là retrouvassent un orgueil nouveau, c'est-à-dire une attitude à l'égard de tous ceux qu'ils ignoraient ou affectaient d'ignorer. On ne sauve les apparences que pour les curieux et les indiscrets, pour ceux qu'on aime ou qu'on méprise. Nous existions donc à leurs yeux, ce dont on aurait pu douter jusqu'au moment où, surpris par le résiné, ils avaient fait front. Une fois, nous partîmes peu après eux et nous les retrouvâmes dans la ruelle, enlacés mais tanguant comme deux marins en bordée et si peu sûrs d'eux qu'ils durent, un moment, s'appuyer au mur comme pour laisser passer la vague qui allait les renverser. Notre pas les fit sursauter et ils reprirent leur chemin, nous laissant toutefois les dépasser.

Les réveils pénibles du lendemain, avec la bouche desséchée, l'écœurement de tout, durent leur apprendre que le résiné au goût de bibine, était plus traître que les whiskies et les cocktails auxquels ils étaient accoutumés. Ils auraient pu s'enfoncer dans cet abrutissement, glisser en douceur vers l'hébétude et ils n'auraient pas été les premiers étrangers vaincus par l'inaction dans une des îles de l'Égée, mais un sursaut nous étonna : ils refusèrent le résiné et commandèrent de la bière, comme s'ils avaient eu besoin de toute leur lucidité, l'un pour déchirer, l'autre pour se laisser déchirer. Malheureusement, la bière fit vite défaut car, pendant dix jours de janvier, le bateau ne put accoster. La *voria*, le vent du Nord, soufflait, tordant les arbres, emportant les tuiles, les cheminées. Une nuit la jetée se fendit et la mer entra à gros bouillons dans le port, fracassant quelques caïques. Toute une matinée sous les embruns, trempés, aveuglés, les hommes durent tirer à terre les bateaux rescapés. En soufflant, le vent nettoyait le ciel et sous un soleil éclatant, brûlant même dès qu'on était à l'abri, l'île retrouva une seconde beauté terriblement émouvante. Les vagues rejetaient sur les plages des arbres pétrifiés dans le sel, des épaves aux attitudes désespérées. De la chapelle du prophète Élie, sur le plus haut sommet, on découvrait la mer Égée d'une blancheur neigeuse avec des rides bleues et les autres îles de l'archipel si proches dans l'air transparent qu'on les croyait à portée de la main.

Sans courrier, sans autre lien avec le continent que la radio qui serinait les sempiternelles chansons accompagnées de bouzoukia, il fallait vivre sur soi. Je ne m'en plaignais pas, nous étions venus là pour ça et la fureur du vent ajoutait à notre plaisir. Mais eux? Ils reprirent du vin résiné le soir et nous les vîmes de nouveau tituber en sortant. Il ne fallut pas plus de trois ou quatre jours pour que cette ivresse involontaire — ou, tout au moins, acceptée sans préméditation — changeât un moment entre eux les rapports de force. Elle sembla perdre le fil de sa psalmodie, leva la tête, regarda autour d'elle et, sans doute, aperçut la première fois l'intérieur de la taverne, le plafond aux grosses poutres, les vieilles affiches d'Huntley and Palmers, de Pernod, de Coca-Cola (une fille baisant un cheval sur le museau), la rangée de bouteilles multicolores alignées sur une étagère au papier ciré crasseux, les tables branlantes et, autour des tables, vautrés, mangeant la bouche ouverte, curant leurs dents en se cachant d'une main en conque, leurs pouces écrasant le pain dans la sauce huileuse des ragoûts, les Grecs de notre île, yeux allumés, braillant en chœur une chanson d'amour. Il fallait les connaître

— et nous les connaissions — pour savoir qu'ils n'étaient pas tout entiers là. Si on ne le savait pas, le choc pouvait être rude. La femme vit cela et quelque chose sembla chanceler en elle qui passait de l'affiche bleue et blanche de l'Office du Tourisme à cette taverne enfumée remplie de braillards la déshabillant du regard et crachant par terre dans la sciure. Je l'ai déjà dit : c'était une forte femme, bâtie en athlète, les épaules larges, les hanches étroites, que l'on imaginait facilement sur un stade, grande gazelle lancée à l'assaut du record du monde du 100 mètres. Rien ne devait lui faire peur, et si costauds que fussent ces garçons habitués à coltiner des sacs de ciment, des barriques de vin, des arbres entiers, elle était certaine d'en étendre un ou deux avant de succomber sous le nombre. Elle n'avait pas peur d'eux, elle les dominait de la taille et de l'intelligence (sans mal) et je me demande si le regard long, méthodique qu'elle appuya sur chacun d'eux à cet instant-là, n'était pas déjà une sorte de provocation.

Surpris par le silence de sa femme, l'homme releva la tête et lui aussi, sans doute, passa de l'affiche bleue et blanche de l'Office du Tourisme à la découverte brutale de l'endroit où ils avaient échoué, murés jusque-là dans leur querelle sans fin. Il sortit de son hébétude pour retrouver une expression de dégoût qui se mua vite en colère quand il s'aperçut qu'un des pêcheurs, Pandelis, souriait à la jeune femme et qu'elle répondait par le même sourire. Se tournant vers elle, il dit alors quelques mots, et si je ne les compris pas, j'entendis le son de sa voix, basse avec des intonations presque chantantes. Elle haussa les épaules et comme Pandelis levait son verre elle leva le sien et but d'un trait en riant. D'autres imitèrent Pandelis et elle leva plusieurs fois son verre toujours en riant. L'expression de son visage avait totalement changé au point que, n'étaient sa taille, ses cheveux, je ne l'aurais soudain plus reconnue. Elle était heureuse et on la sentait de ces femmes pour qui le rire est la grande occupation de la vie, que n'importe quel clown est certain de coucher dans son lit grâce à ses pitreries. Si pitoyables que fussent par certains côtés ses admirateurs, ils étaient des Grecs, c'est-à-dire des êtres qu'un verre de vin, une chanson, des amis poussent à une gaieté bruyante et désordonnée mais terriblement fraternelle. Oui, on s'aime follement en Grèce quand on a bu, on aime tous les peuples du monde (sauf les Turcs), c'est la ronde, la grande ronde autour de la terre que chantait la ballade du pauvre Paul Fort. Mais l'homme ne le comprenait pas, ou peut-être tous ces jours passés à écouter la même voix lancinante qui le détruisait lentement avaient-ils créé une obsession telle qu'il avait l'air d'un égaré quand il en sortait. Il aimait son cauchemar (du moins ainsi l'imaginai-je en romancier qui doit tout recréer d'après quelques indices et les données du hasard) parce que dans ce cauchemar elle était présente, accrochée à lui, occupée uniquement de lui. Quand elle échangea un sourire avec Pandelis, puis avec les autres, le visage de cet homme prit une expression tragique. Elle lui retirait sa dernière raison d'être, il était seul et se réveillait dans un monde qu'il avait tout lieu de croire hostile et grimaçant. Alors, comme pour bien nous montrer qu'il était déjà un homme fini, perdu, un homme qui ne craignait plus rien, il tira un couteau à cran d'arrêt de sa poche et le planta dans la table. La lame vibra, le manche oscilla puis s'immobilisa, et le couteau fut là au milieu des verres, des assiettes et du pain comme un objet menaçant et stupide. J'en eus froid dans le dos, mais les Grecs n'y voyaient sans doute pas le même symbole que moi, ils voyaient un couteau à cran d'arrêt, arme interdite, objet de leur désir. Si la femme ne s'était pas levée, je crois que Pandelis ou Yorgos ou n'importe lequel serait venu examiner le couteau, en essayer le mécanisme, passer le fil de la lame sur les cals de la paume et demander le prix. Mais elle se leva et ils comprirent que quelque chose n'allait pas. Prenant son sac de toile, son paquet de cigarettes et son briquet, elle quitta la table sans un mot. Nous fûmes alors surpris de la voir venir vers nous comme vers une retraite préméditée, prendre une chaise, s'attabler et boire le verre de vin que je lui remplis. Elle sourit et nous demanda si nous savions l'anglais. Je dis que oui et elle parla du vent qui commençait à éprouver les nerfs les plus solides. Durait-il longtemps ? Oui, parfois deux, trois semaines, presque sans interruption. Elle soupira, regarda autour d'elle, évitant son compagnon qui, les coudes sur la table, la tête dans les mains, ne bougeait plus.

Je fis un signe à Yorgos qui remit un disque sur le phono et clignai de l'œil vers Pandelis qui comprit et gagna l'espace libre où l'on dansait. Maigre, la poitrine creuse, monté sur des jambes étonnamment longues et minces pour un Grec, il était notre meilleur danseur et aussi le plus capricieux. On pouvait le prier toute une soirée sans qu'il bougeât de sa chaise et puis soudain l'envie le prenait au moment où tout le monde renonçait à le convaincre, et il dansait lentement, nouant et dénouant ses jambes dans un cercle imaginaire, souple comme une anguille, bras écartés, mains pendantes pour claquer des doigts. Le rythme s'accélérait de façon imperceptible et n'atteignait son crescendo qu'avec les derniers pas exécutés à la vitesse d'une danse russe. Mais je le décrirai mal comme on décrit mal tout jaillissement spontané, toute improvisation qui se moque des règles. Il faudrait dire simplement : Pandelis dansait et quand il n'était ni à jeun, ni ivre mort, nous ne pouvions que le regarder, fascinés par son langage. Il n'écoutait pas la musique, mais quelque autre voix que la musique suggérait en lui-même et dont ses pas, ses gestes — pas son visage immobile concentré, paupières baissées — traduisaient le long envoûtement. La femme le contemplait, grave, à demi penchée. Elle pouvait croire qu'il dansait pour elle, et ce n'était pas exact : Pandelis ne dansait jamais que pour lui-même.

Le disque allait s'arrêter quand, de l'autre bout de la salle, quelqu'un lança une assiette qui vint éclater aux pieds du danseur. C'était la coutume et les soirs de gaieté toute la vaisselle de Frangias y passait. Lui, seul dans un coin près de son fourneau, notait la casse qu'il ajoutait à l'addition de chacun. L'instinct destructeur des Grecs se satisfait de ces autodafés.

On rentre chez soi heureux, personne ne s'est battu, on a ri, on a crié. Quand un danseur a donné le meilleur de lui-même, il ne reçoit pas de plus bel hommage que quelques assiettes dans les jambes, mais encore faut-il savoir que c'est là une manifestation de l'exubérance méditerranéenne. Pandelis, même s'il ne faisait pas remonter ce goût de la casse à des réminiscences millénaires, à l'imitation inconsciente des différents envahisseurs qui se sont acharnés depuis l'Antiquité sur le marbre et la poterie grecs, Pandelis le savait. Pas l'homme qui reçut des éclats dans les jambes. Sortant de sa torpeur, il dut croire qu'on l'avait visé, et avec une rapidité inouïe, il empoigna sa carafe et la balança sur le phono qui eut un hoquet et se tut avant les dernières mesures. Pandelis s'arrêta net de danser, Frangias posa sa poêle à frire et essuya ses larges mains sur son tablier crasseux. Personne ne riait plus. Il y eut un instant de silence magnifique chargé de défis et de violences. Pandelis baissa les bras le long du corps et resta immobile au milieu de la piste en ciment couverte de sciure et de débris d'assiette. L'homme reprit son couteau planté sur la table qu'il bascula d'un coup de genou. Assiettes et verres se brisèrent sur le sol. Frangias quitta son fourneau. Ce gros petit homme était la vivacité même et sous son jersey collant roulaient des muscles de bûcheron. D'un mouvement de tête, il évita une salière lancée par l'étranger. La salière s'écrasa sur la face abrutie de l'oncle Mitso qui porta la main à ses lèvres et la retira pleine de sang. Je regardai la femme assise à notre table : elle ne bougeait pas, un sourire affleurait ses lèvres. Des hommes se levèrent dans le fond de la salle, pesants, lourds et aussi inquiets. Ils formaient un demi-cercle dont Pandelis et Frangias étaient maintenant le centre. Si nombreux fussent-ils, aucun ne semblait décidé à faire un pas vers ce grand type aux lèvres serrées, pâle, les yeux incroyablement durs. Même Frangias n'avait pas riposté mais je le connaissais assez pour savoir que son calme dissimulait un difficile problème : où frapper le premier, vite et si fort qu'il n'y aurait pas de réponse. Chose étonnante, il desserra ses poings et sembla renoncer. Prenant un balai, il commença de rassembler le verre et la porcelaine pour les pousser vers le seau à ordures. Ses jambes manquèrent à Pandelis. Livide, il se laissa tomber sur une chaise et resta là les mains posées sur les genoux. L'oncle Mitso contemplait sa main sanglante avec ahurissement. Des taches brunâtres se dessinaient sur son veston élimé et sa chemise à carreaux. Frangias se rapprocha de l'étranger et balaya la casse jusque sous ses pieds. L'autre ne le quittait pas des yeux et je crus bon de lui dire qu'on n'avait pas voulu l'insulter en lançant une assiette, que c'était la coutume quand Pandelis dansait bien. Sans bouger la tête, il détourna les yeux, surpris de s'entendre parler en anglais. Ce fut le moment que choisit Frangias pour l'attaquer mais la réplique fut foudroyante : les quatre-vingt-dix kilos du tavernier volèrent dans la salle et Frangias retomba sur une table qui s'écrasa sous lui. Il n'avait pas de mal, il était simplement humilié, chose impardonnable car il passait pour invincible dans l'île.

Je commençai d'admirer ce grand type, fort et calme, concentré comme un chat sur sa prochaine proie. Il fallait réviser un jugement hâtif. Il avait aimé les plaisirs imbéciles et pourtant cultivé son corps, ses réflexes. Il était sans nul doute un bagarreur de première force, assez sûr de soi pour refermer son couteau et le glisser avec mépris dans sa poche. Avant de succomber sous le nombre, il ferait mal, très mal autour de lui. Je dis à Frangias de le laisser sortir, que tout cela était stupide et que demain on serait amis de nouveau. Frangias refusait de le croire. Il remuait sa grosse tête chauve et passait sa langue sur ses lèvres sèches. Maintenant, il voulait la peau de ce type... La femme me demanda de traduire, et quand elle comprit, elle hocha la tête en signe d'acquiescement. On aurait juré qu'elle était parfaitement insensible au drame, et même plutôt satisfaite de se trouver là en spectatrice, dans une loge d'où elle pouvait compter les coups. Elle se retenait d'applaudir mais elle les eût volontiers traités de lâches s'ils ne se battaient pas.

Je connaissais trop les Grecs de cette île pour croire qu'ils renonceraient. Nombre de leurs querelles ne dépassaient pas le stade des injures ulysséennes. La foudre et le déshonneur tombaient sur les parents, les grands-parents, les frères, les sœurs, les enfants et, en dernier ressort, sur la Vierge qui subissait les ultimes outrages. Mais alors des mains charitables s'agrippaient aux combattants pour les séparer. On s'ignorait quelque temps, puis la réconciliation venait autour d'une carafe de vin. L'île était trop petite pour des querelles durables, sauf s'il s'agissait de querelles d'intérêt. Avec un étranger cependant la question était plus grave. L'amour-propre s'en mêlait. On n'allait pas le laisser partir sans lui montrer qu'on ne le craignait pas sinon c'en était fait du renom des Grecs dans le reste du monde. La malchance avait voulu que le plus fort d'entre eux, un homme de quatre-vingt-dix kilos, ait été soulevé comme une plume d'une prise entre les jambes. Après Frangias, qui oserait? Dans une affaire de ce genre, il paraissait stupide d'avoir compromis sa meilleure arme dès le début. Certes, à dix ou douze ils avaient des chances de l'abattre mais, là encore, l'amour-propre l'interdisait. La situation semblait sans issue et l'homme le savait fort bien. Où avait-il appris à si bien se battre? Les enfances heureuses et protégées ignorent ces ruses froides. En le regardant mieux, en détaillant son beau et féroce visage aux traits accusés, je pouvais le situer dans quelque quartier pauvre de New York, dans ce West End où il faut jouer sa vie chaque jour contre les gangs d'enfants. Le long des quais de l'Hudson, j'avais vu de ces bandes dépenaillées qui se heurtaient à coups de pierres, de barres de fer et je n'oubliais pas le gosse sanglant abandonné sur la chaussée à l'apparition d'une voiture de police. Ç'aurait pu être lui et d'ailleurs en regardant plus intensément son visage, je découvris de minces cicatrices et une balafre sous l'oreille qui racontaient un passé turbulent avant que les femmes viennent pourrir, puis détruire cet homme.

Combien de temps dura ce duel immobile et muet, je ne le sais pas vraiment. Si j'essaye de m'en souvenir il paraît que ce furent de longues minutes, mais plus vraisemblablement il ne s'agit que de secondes sinon je me serais levé, j'aurais bougé, hurlé quelque chose avant que, du fond de la taverne, Nikolo, un gros garçon de vingt ans, le cou entre les épaules, lançât une assiette à toute volée sur l'étranger qui l'évita de justesse en se penchant et en se baissant. Frangias bondit mais buta contre une chaise que l'homme, plus vif encore que lui, avait balancée en travers d'un coup de pied. Frangias se releva, saignant du nez, une joue couverte de sciure. L'étranger était un merveilleux bagarreur, génial autant dans l'invention et la parade que dans la rapidité d'exécution. Sa force, sa sûreté hypnotisaient lentement ses adversaires et je compris l'immense fossé qui séparait leurs manières : les Grecs se battaient pour lui flanquer une rossée, le laisser assommé sur le sol, tandis qu'il se battait comme si on allait lui prendre sa vie. Il était prêt à tuer pour ne pas mourir, simple différence qui changeait du tout au tout les rapports de force. Cela sembla si évident que les consommateurs reculèrent d'un pas vers le fond de la taverne, que l'oncle Mitso tomba assis sur une chaise, le menton dégoulinant de sang et que Pandelis, le danseur, se pencha vers lui, un mouchoir à la main. Malheureusement, Nikolo, insensible à l'esthétique de ce drame, avança la main vers une autre assiette. Aussitôt l'étranger se rapprocha d'une table où étaient alignées une vingtaine de carafes vides. Il avait douze cibles devant lui et nous pouvions être certains qu'il ne manquerait pas son but...

Je me levai et baissai l'interrupteur du compteur électrique juste à côté de notre table. Plongés dans le noir, les combattants restèrent un moment silencieux avant qu'une carafe allât, suivie de plusieurs autres, se fracasser contre le mur. Je criai à l'étranger de filer, certain qu'avec son sens du combat il avait repéré la porte et s'y trouverait en trois bonds. Le vol des carafes cessa et nous entendîmes pleurer l'oncle Mitso. Je rallumai. Au fond de la table, les Grecs cachés sous les tables se relevèrent. Frangias bondit vers la porte restée ouverte, mais l'étranger était déjà loin. Dehors il ne pouvait pas accepter le combat.

À notre table, la femme sortit une cigarette et me demanda du feu. Sa main tremblait légèrement. Frangias était furieux. Je lui dis qu'ils étaient douze contre un et que ce n'était pas juste. Nous habitions une île. Personne ne pouvait s'en évader sans qu'il le sût. Il aurait sa revanche demain ou un autre jour, je n'en doutais pas. Son orgueil ménagé, Frangias se calma et nous nous levâmes pour sortir. La femme nous dit qu'elle resterait encore un instant pour finir son verre. J'aurais juré qu'elle regrettait notre intervention bien qu'elle s'efforçât de n'en rien laisser paraître. Nous la laissâmes donc seule dans la taverne. Son attitude calme et méprisante, répondait assez bien à l'idée que je me faisais d'elle et de ses rapports avec son mari ou son amant. Elle ne craignait rien, elle était décidée à aller jusqu'au bout de son dessein secret.

Quand nous nous retrouvâmes dehors, un changement nous attendait : le vent venait de tomber et un silence neuf, surprenant pour nos oreilles qui bourdonnaient depuis des jours et des jours, régnait sur le village. Nous avancions dans une nuit claire et feutrée, sous un ciel noir, pur de tout nuage. Des étoiles brillaient et un quartier de lune rouge orangé sortait de la mer. Après une longue navigation dans la tempête, nous étions enfin arrivés au port ou dans quelque baie profonde à l'abri de la *voria*. À bord de ce vaisseau de rocs, de pins, de plages blanches de sel, l'équipage épuisé s'était endormi derrière les volets clos et nos pas résonnaient solitaires dans la ruelle descendant au port. Demain l'île ressemblerait de nouveau à l'affiche bleue et blanche de l'Office du Tourisme, un idéal que peu ont le droit de connaître, et que ceux qui en jouissent toute l'année n'apprécient plus. Passant sous les fenêtres de Mme Pitsikoki nous vîmes une lumière. L'homme avait donc regagné sa chambre où, comme le racontait sa logeuse, il restait prostré le jour durant pendant que sa femme déroulait un interminable monologue. Ce soir, elle n'était pas là pour le torturer, mais elle avait fait un nouveau bond en avant dans la guerre qu'elle lui livrait : elle pactisait avec ses ennemis. Nous n'avions pas besoin d'être dans la taverne pour savoir que quelques verres de vin, une chanson dissipaient déjà l'atmosphère un moment si tendue. Il devait s'en douter aussi et sa solitude faisait peur. Si la femme voulait l'acculer à la folie — et il en semblait bien près — elle ne pouvait pas mieux s'y prendre.

Je me souviens que, cette nuit-là, n'arrivant pas à trouver le sommeil tant le silence inquiétait après deux semaines pendant lesquelles tout avait craqué autour et au-dessus de nous, j'échafaudai plusieurs sujets de romans avec ces deux personnages pour héros. Si j'avais inventé leurs caractères, quelle intrigue aurais-je pu nouer autour d'eux ? Où se trouvait le mystère ? La seule explication possible était la présence d'un cadavre entre eux, et, étant donné leur sauvagerie naturelle, cette image pouvait bien ne pas être prise au figuré. Il paraissait également évident qu'elle avait sacrifié quelque chose pour lui, que sans doute elle ne cessait de le lui reprocher, mais quoi ? Il aurait fallu entendre cette femme parler plus longtemps pour déceler dans son accent, assez vulgaire, la part de l'affectation et celle de la vérité. Elle devait aimer s'encanailler. Quant à lui, je ne pouvais plus l'imaginer autrement que sous les traits d'un de ces enfants grandis dans la jungle du West End, un de ces petits « durs » aux gueules tachées de son ou aux traits négroïdes qui finissent à Sing Sing ou Alcatraz quand ils ne s'engagent pas dans un régiment de Marines ou dans la police. Celui-là avait suivi un chemin différent et je n'arrivais pas à l'imaginer autrement que sous l'aspect d'un beau garçon de dix-huit à vingt ans, maître nageur sur une plage de Floride et distingué par quelque femme mûre suffisamment pourvue de dollars pour que l'on ne s'arrête pas à ses premières rides, une Mrs Stone comme celle de Tennessee Williams, un printemps à Rome, fruit blet en quête d'une ultime passion avant la retraite glorieuse dans la philanthropie. On ne quitte pas ces « protectrices », elles vous quittent et c'est — avec le seul secours de quelques objets souvenirs : briquet, montre en or, étui à cigarettes — la plongée dans un monde de nouveau hostile où quelqu'un se souviendra toujours que vous avez été un maquereau. Il y avait encore mille choses à imaginer autour d'une pareille liaison et surtout la rencontre d'une femme jeune et belle qui vient perturber l'idylle automnale, qui refuse le partage et se fait un point d'honneur d'humilier la maîtresse maternelle, de lui soulever son amant. Mais la maîtresse maternelle aime soigner ses sorties et ne veut pas lâcher avant l'heure dont elle a décidé depuis longtemps. C'est la porte avec un costume et une cravate, un billet de dix dollars en poche, ou c'est la prison dorée avec la voiture de sport, le valet de chambre et les dîners dans les restaurants français. Alors la tentation est forte d'assassiner la Mrs Stone, de lui prendre ses bijoux (si elle n'a pas pris la précaution de porter les faux et de laisser les vrais à la banque) et de s'enfuir aussi loin que possible vers quelque paradis promis par une affiche bleue et blanche au mur d'une agence de voyage. Le châtiment n'est pas pour demain et c'est seulement dans les films policiers que le criminel est toujours découvert et arrêté. Rien qu'en France, dix mille disparitions par an sous-entendent au moins quelques crimes parfaits. Combien aux États-Unis ? Oui, si j'avais dû écrire un roman ou une simple nouvelle autour de ces deux personnages, j'aurais expliqué la terrible haine de la femme par une pierre sur laquelle achoppait leur combinaison : vrais bijoux dans un coffre à la banque, chèque mal daté. Riches ils n'échouaient pas ici. Réduits à une poignée de dollars, ils aboutissaient dans cette île et maintenant l'œil les regardait et cela devenait intolérable.

Je m'endormis tard et me réveillai avec le soleil entrant à flots dans la chambre. Nous allions revivre quelques jours avant de subir de nouvelles attaques de la *voria* et il suffisait de ces quelques jours pour que l'île se couvrît de fleurs sauvages. Une douce odeur de pain grillé montait de la cuisine où Marigoula, notre épisodique femme de ménage, s'affairait à grand bruit avec l'intention ferme de nous sortir du lit pour goûter à sa conversation. Le fait est qu'elle avait des choses à dire et que cela pouvait difficilement attendre.

À peine étions-nous à table qu'elle vint s'asseoir devant nous sur une chaise où il lui fallait presque se hisser tant ses jambes énormes étaient courtes. Elle ouvrait une bouche de grenouille pour les interjections familières aux gens de l'île : « Amé ! » ou « Aba-ba-baa » découvrant deux incisives jaune safran, reste d'une denture fâcheuse. Avec ou sans dents, cette bouche n'en avait pas moins prononcé un nombre incroyable de paroles et quand je la voyais commencer sa gymnastique, je me souvenais d'Henry Miller penché sur la bouche du Colosse de Maroussi endormi et se disant : « Où s'en est donc allée cette fameuse voix ? » Mais la bouche du Colosse Katsimbalis, petite avec des lèvres coupantes, débite de l'or en barre tandis que de celle de Marigoula ne sortent que des serpents.

Nous mîmes du miel (le miel de l'oncle Mitso, un miel qui sent le raisin de sa vigne et le thym de la montagne) sur nos tartines artistement grillées et Marigoula nous apprit que l'île commentait le drame de la veille. L'histoire avait déjà eu le temps de s'enjoliver de nombreux détails inédits. Marigoula n'éprouvait aucune gêne à nous raconter une scène dont nous avions été témoins et comme je lui disais que l'oncle Mitso n'avait pas reçu une chaise sur la tête, mais une salière sur la bouche, elle me coupa la parole : elle savait ! Il est vrai qu'elle savait des choses que nous ignorions encore, notamment ce qui s'était passé après notre départ de la taverne. L'étrangère avait dansé avec Pandelis en y mettant une telle grâce, bien que ce fût sa première danse grecque, que tous les hommes avaient applaudi et voulu lui apprendre des pas. Un peu avant l'aube, les voisins s'étaient plaints du tapage et un gendarme avait rappelé à Frangias les heures de fermeture. La bande hurlante s'était alors répandue dans le village, chantant des rengaines et arrosant les murs. Le gendarme était intervenu de nouveau mais au moment où on allait se disperser, l'étrangère avait rassemblé ses chevaliers servants en un cercle autour d'elle, puis, les yeux fermés, tournant sur un pied comme une toupie avant de s'arrêter, le bras tendu, elle avait désigné l'homme qui achèverait la nuit avec elle. Cet homme était Frangias.

Jusqu'à quel point Marigoula fabulait, je ne pouvais pas le dire. Mais on imaginait mal cette superbe fille, un rien méprisante, dans le lit de Frangias. Certes tout était possible, et depuis que nous vivions dans les îles, nous avions vu nombre d'accouplements hétéroclites, des étrangères qui succombaient à un exotisme inexplicable. L'exotisme de Frangias ne paraissait pas évident : 1,60 m presque aussi large que haut, des seins, des bras de lutteur turc, une mâchoire énorme qui lui permettait de soulever entre ses dents une table chargée de couverts et de bouteilles, chauve et affligé de deux oreilles poilues dont les lobes pendaient avec une disgrâce certaine, le cabaretier était de loin un des hommes les moins favorisés par la nature dans notre île riche en beaux garçons, minces, élancés avec des yeux gris, des cheveux blonds. Il fallait du courage pour imaginer Frangias en amant, ôtant un à un ses multiples jerseys qui lui servaient à la fois de vêtements et de sous-vêtements, apparaissant avec son ventre gonflé mais dur comme de la pierre, nu, blanchâtre, poilu, satisfait de soi, auréolé d'une odeur de graillon. Et puis où l'avait-il emmenée, car Frangias était marié, père de famille, et on ne voyait pas Elefteria, une maritorne qui avait apporté une dot plus que substantielle dans sa corbeille, accepter de préparer le lit de l'étrangère ? Marigoula connaissait déjà la réponse. Frangias s'était fait construire à trois kilomètres du village, à Phoskida, une affreuse bicoque en ciment qu'il louait pendant l'été. La bâtisse déparait un des plus beaux sites de l'île, une plage de sable blanc bordée de pins et de lauriers que, dans ses projets grandioses, Frangias entendait transformer grâce à un restaurant de tôle ondulée en un lieu de plaisir pendant l'été.

Depuis le début de la matinée, Elefteria tenait conseil avec deux de ses frères pour aller chercher l'infidèle, mais les frères montraient peu d'empressement. Malgré sa défaite de la veille, Frangias gardait la réputation d'un homme qui a le coup de poing facile et qui n'aime pas les remontrances. On parlait d'envoyer un ambassadeur chargé seulement de frapper à la porte et de demander à Frangias s'il n'avait besoin de rien. Là s'arrêtaient les informations de Marigoula. Elle nous quitta pour regagner sa cuisine où la fenêtre ouverte sur la ruelle lui permettait de guetter les nouvelles. Tout le matin, travaillant dans la pièce au-dessus, je fus distrait par sa voix de crécelle et les commères qui s'arrêtaient pour lui donner les derniers renseignements. Pendant le déjeuner, elle nous apprit que les frères refusaient de se rendre à Phoskida, prétextant que cette affaire ne les regardait pas. Elefteria ne désarmait cependant pas. Elle préparait une expédition avec une sœur, des cousines et la femme du pope. Le rassemblement avait lieu devant l'église d'Analipsi. Un espion mandé à Phoskida rapportait que la bicoque était silencieuse et que si deux volets n'avaient pas été ouverts, on l'aurait crue déserte. Quant à l'étranger, il n'avait pas bougé de sa chambre, se contentant de demander à Mme Pitsikoki un café et l'heure du bateau enfin annoncé.

Nous arrivâmes en retard devant l'église d'Analipsi. Le cortège des femmes avait déjà pris la route. Nous le retrouvâmes à la sortie du village. On ne peut pas dire que ces dames marchaient d'un pas décidé. Il y avait des hésitantes, des traînardes derrière Elefteria et Kostassia, la femme du pope. Kostassia était une maigre créature consumée par un feu intérieur que trahissaient ses yeux noirs et ardents, des yeux de braise évidemment. Elle passait pour une exorciseuse à qui le Malin ne savait pas résister, et, comme toute exorciseuse, on la craignait autant qu'on la respectait. Quand on sait délivrer d'un sort, on sait aussi en jeter et Kostassia était suspectée d'avoir plus d'une fois « noué » des jeunes mariés rien que pour le plaisir de vérifier l'efficacité de ses dons. Elle portait, comme le sacrement, une fiole d'huile d'olive, un bouquet de basilic et une assiette creuse.

Douze d'abord, au début, les femmes étaient maintenant une trentaine, vêtues pareillement de noir, le foulard, noir aussi, cachant à demi le visage. La procession avançait dans la lumière crue d'un après-midi d'hiver et récitait des prières dont le murmure accompagnait les pas d'une rumeur sourde. C'était, je dois le dire, un assez beau tableau aux couleurs simples : le bleu intense de la mer proche, le blanc de la route crayeuse, le vert des pins, le bleu pâle du ciel et les vêtements noirs. Il eût fallu un peintre pendant quelques minutes. Je n'étais qu'un écrivain et m'en plaignis. L'esprit de ce tableau pouvait être exprimé avec des mots, mais le dessin admirable ne pouvait être que vu. Qu'espéraient-elles ainsi ? Une expédition punitive était compréhensible, mais cette procession pour délivrer un homme du charme d'une étrangère, prêtait plutôt à sourire. J'imaginai la tête de Frangias quand il les verrait arriver. À moins que saoulé d'amour, il se fût endormi pour la journée.

Nous étions à peine à mi-chemin que des barques de pêcheurs longeant la côte nous dépassèrent. Les hommes se rendaient à Phoskida. Je doutais que ce fût dans un but aussi noble que la libération de Frangias. Les Grecs ont horreur du scandale public, même s'ils ne font rien pour le prévenir. Quand il éclate par la faute d'un maladroit (ou d'un étranger, mais on est étranger si l'on habite le village voisin), la réprobation est plus grande contre celui qui le provoque que contre celui qui en est la cause. Beaucoup de bonnes âmes avaient tenté de convaincre Elefteria d'attendre le retour — fatal — de son homme. Mais l'offense était publique, le village n'avait que cette histoire à la bouche. L'orgueil blessé ne connaît plus d'amour-propre.

Quand nous fûmes en vue de Phoskida, la

situation n'avait pas changé. La maison, apparemment, dormait. À part les deux volets ouverts, nul signe de vie. Les barques mouillaient à quelques brasses du rivage et les femmes s'arrêtèrent sur une petite hauteur dominant la plage. Kostassia, détachée du groupe et tournée vers le lieu du péché, commença ses prières. Elefteria, à son côté, portait l'assiette creuse et une bougie allumée. Les répons s'élevèrent et, un instant, nous n'entendîmes plus que les voix aigrelettes des commères ponctuées par le boubp-boubp-boubp des derniers caïques aux moteurs monocylindriques entrant dans la baie. Frangias était-il aux aguets ou fut-il réveillé par ces bruits insolites dans la calme petite baie ? Peu après notre arrivée, il se montra sur le seuil de la maison, en tricot de corps, pantalon et chaussettes. Il aperçut les femmes, les barques et rentra. Des cris s'élevèrent à l'intérieur et puis la porte s'ouvrit de nouveau et la femme apparut, repoussant Frangias qui voulait l'empêcher de se montrer. Elle était nue et se mit à courir vers la mer. Le cabaretier essaya de la rattraper, mais les galets le blessaient et il s'arrêta au bord de la plage. Elle nageait déjà entre la rive et les caïques, frétillant, s'ébrouant, jouant comme une enfant dans l'eau glacée. Son long corps blanc disparaissait, revenait dans une gerbe d'écume. Kostassia, frappée d'aphonie, se tut. Elefteria resta bouche bée. Derrière elle, les femmes se rapprochèrent, dessinant un demi-cercle prudent aux murmures horrifiés. Fou de colère, Frangias gesticulait sur la plage, rappelait la naïade qui restait sourde à ses prières. Le pauvre avait cru, l'espace d'une aube et d'un matin, posséder pour toujours cette belle créature et voilà qu'elle se montrait nue aux pires commères du village et à tous ces autres hommes qui, depuis trois semaines, échangeaient sur elle des plaisanteries grasses et baveuses. Il y avait de quoi devenir fou. Kostassia reprit sa prière coupée de multiples signes de croix, puis versa quelques gouttes d'huile dans l'assiette creuse. Les dessins formés par l'huile à la surface de l'eau durent répondre à son attente car elle échangea un regard complice avec Elefteria au moment où la femme sortait de l'eau, lentement, lissant des deux mains ses cheveux mouillés, superbe, offrant à la vue de tous son long corps riche et musclé, aux épaules droites, aux hanches minces, aux longues jambes, à la douce poitrine. Venue de très loin, elle naissait de la mer qui l'avait caressée, saisie, enroulée dans ses eaux comme jamais un homme ne saurait le faire. Les pêcheurs sur les caïques se turent. Elle était à ce moment-là trop éblouissante pour leurs lazzi. Quand une première pierre tomba à quelques mètres d'elle, son regard de superbe mépris s'éleva vers le groupe des femmes en noir. Plusieurs d'entre elles se baissaient pour imiter le geste d'Elefteria. Leurs pierres à la main, elles restèrent indécises, foudroyées par ce mépris qu'elles n'attendaient pas, qui les écrasait. Frangias accourait vers sa bien-aimée, sautillant sur les galets, désespéré. Il la rejoignit et voulut prendre dans ses bras pour en cacher la nudité, cette femme qui le dépassait bien d'une tête. Affolé, il retira son tricot de corps pour lui cacher la poitrine, mais elle le repoussa d'une bourrade dans les côtes, puis de la paume sur le menton mal rasé. Frangias manqua tomber. Les rires des pêcheurs le mirent hors de lui et il se jeta sur l'étrangère pour la renverser ou la serrer contre lui, espérant encore masquer de son propre corps le ventre et les seins offerts sans pudeur à la curiosité publique. Ils tombèrent ensemble sur les galets, lui plus lourd en dessus, elle étalée sur le dos, jambes écartées, bras maintenus. Ils restèrent un moment immobiles, chacun retenant son souffle, dans cette position comme s'ils allaient faire l'amour, puis Elefteria jeta une seconde pierre, imitée par les autres pleureuses qui se déchaînèrent en les traitant de chien et de chienne. Frangias fut atteint le premier sur son crâne chauve et un peu de sang coula. La femme reçut une pierre qui ricocha sur sa tempe. Elle eut un sursaut et son long corps se tendit. Frangias se dressa sur les genoux, montra le poing aux femmes, cria qu'on les assassinait. Son visage ruisselait de sang. La pluie de pierres s'arrêta sur un signe d'Elefteria.

Mus par le besoin d'arrêter cette scène qui du burlesque tournait au tragique, nous descendions vers la plage sans savoir comment nous pourrions tirer la femme de là, quand l'étranger apparut derrière la maison. Il ne courait pas, il avançait à grandes enjambées, les poings serrés, pâle. Frangias le vit arriver et esquissa un geste absurde comme pour solliciter son aide contre cette horde de femmes et de voyeurs. L'étranger s'approcha et, du pied, fit tomber Frangias, l'écartant du corps de la femme vers laquelle il se pencha. Elle geignait doucement et il lui caressa la joue avec une certaine réserve comme s'il la connaissait à peine, parlant doucement. Elle ouvrit les yeux, prit cette main tendue et la baisa. C'était plus que n'en pouvait supporter Frangias. Il se rua sur l'homme dont l'attention se relâchait, et le frappa violemment à la mâchoire. On entendit le bruit mat du coup. De leurs caïques, les pêcheurs vociférèrent. Frangias contempla ces deux corps posés en croix l'un sur l'autre et partit en courant vers la pinède.

Quand nous fûmes près d'eux, la femme se redressait péniblement, tenant dans ses mains la tête inerte de son amant. Il était K.-O. comme cela ne lui était peut-être pas arrivé depuis l'enfance, depuis les sombres batailles entre les gangs rivaux sur les quais du West end de New York. Je le soulevai et le déplaçai pour qu'elle pût elle-même se remettre debout et à trois nous traînâmes vers la maison cet athlète vidé de ses forces comme un pantin désarticulé, le teint terreux, la bouche à demi ouverte, la respiration oppressée. La maison sentait encore le ciment frais, humide. Une seule pièce était ouverte, celle où Frangias et la femme avaient achevé la nuit dans un lit étroit, sans draps, avec pour toute couverture un de ces tapis bariolés en coton qui représentent toujours quelque scène typique de l'Orient, ici des Bédouins assis à côté d'un palmier avec leur chameau. Des bouteilles vides gisaient par terre et, dans une assiette, quelques sardines nageaient à même leur huile, reliefs d'une noce triste sous la protection d'une image en couleurs représentant deux amoureux grotesques dans un jardin fleuri à Corfou. Voilà où avait échoué, où aboutissait cette belle fille habituée au luxe, partie d'un autre monde pour tomber dans ce que le nôtre avait de plus sordide et de plus vulgaire. Dessaoulée, épuisée, ayant soudain froid, elle s'en aperçut tout d'un coup car son visage se crispa et elle perdit, pendant quelques secondes, toute beauté. À la naissance des cheveux, au-dessus de la tempe, un hématome grossissait à vue d'œil et son corps nu, privé de joie, demandait la pitié. On ne pouvait plus la regarder. On ne pouvait que lui souhaiter des vêtements pour cacher sa poitrine, son sexe qui n'inspiraient plus de désirs, de curiosités ou de pensées érotiques, mais seulement de la gêne. Du doigt, elle toucha son hématome et grimaça de douleur. Nous lui dîmes de s'habiller, ce qu'elle fit sans gêne, ramassant son linge épars, son pantalon de toile bleue, son chandail en grosse laine de Mykonos.

Je trouvai de l'eau et aspergeai le visage de l'homme comme font les soigneurs après un match de boxe. Il n'y avait pas grand-chose à faire sinon attendre qu'il sortît de son coma et s'il n'en sortait pas, appeler d'urgence un hélicoptère pour l'emmener en Athènes. Mais un homme de sa trempe devait se remettre seul d'un direct à la mâchoire et le fait est que, quelques minutes après, il ouvrit les yeux, grogna et se plaignit de maux de tête. Je me penchai vers lui et mon visage parut le surprendre. M'avait-il seulement jamais distingué des dîneurs du soir dans la taverne enfumée ? Ce n'était pas certain et je dus le rassurer en anglais, lui expliquer que j'étais un étranger dans cette île comme lui, mais que nous y venions depuis des années, ce qui expliquait que nous parlions le grec. La femme assise sur une chaise, dans un coin de la chambre, attendait peut-être qu'il s'aperçût de sa présence. Il la vit enfin et je n'oublierai jamais le regard qu'échangèrent ces deux êtres après le drame. J'en eus la révélation foudroyante : ils s'aimaient et, pire que cela encore, ils étaient enchaînés l'un à l'autre. Elle pouvait coucher avec n'importe qui, s'exhiber nue sur une plage, le piétiner moralement, le détruire jusque dans son orgueil de mâle, il l'aimerait toujours. Et on ne pouvait pas douter non plus qu'elle était attachée à lui par des liens mystérieux tout aussi puissants. Elle avait besoin, soif et faim de sa victime. En s'installant à notre table dans la taverne, en y restant seule après notre départ, en couchant avec Frangias, elle punissait son compagnon de chaîne de s'être montré si fort, si courageux au cours d'une crise de violence. Mis K.-O. par le tavernier sur la plage, il redevenait un homme que l'on peut aimer, plaindre, soigner, caresser. Cela ne s'expliquait pas, c'était ainsi et ni l'un ni l'autre n'y pouvait rien. Ils vivaient en enfer et l'enfer avait tissé entre eux des liens indestructibles. De plus en plus, je pensais au cadavre sur lequel ils avaient bâti leur amour, mais ce n'était pas mon affaire.

Ils restèrent un long moment ainsi, lui allongé, elle sur sa chaise, serrant ses genoux dans ses mains aux doigts croisés, sans faire un geste. Notre présence ne les gênait pas. Ils nous ignoraient de nouveau. Enfin, elle murmura son nom : « Juan » et je sus que je ne m'étais pas trompé : il devait être d'origine portoricaine. Il répondit : « Bessie ».

Nous rentrâmes tous les quatre comme la nuit tombait. Le chœur des femmes avait disparu et il ne restait plus un caïque dans la baie. Il fit soudain froid. Je leur conseillai de partir. Le bateau faisait escale à neuf heures et serait au Pirée le lendemain à l'aube. Ils acquiescèrent. Après cette crise qui les avait épuisés tous les deux, il fallait changer de décor. Je n'osai pas ajouter que les gens du village les toléreraient mal. Ils s'en moquaient ou même peut-être n'avaient-ils pas idée de ce que cela pouvait signifier. L'affiche bleue et blanche de l'Office du Tourisme avait été un leurre. Le bleu et le blanc sont des couleurs que l'on apporte avec soi, qu'il est vain d'aller chercher ailleurs.

La page arrachée

Depuis trois jours, elle était d'une douceur qui ne trompait pas, répondant par des « oui, bien sûr » à tout ce qu'il proposait. On aurait dit qu'elle s'était juré d'être la personne la plus docile du monde, la plus facile à vivre. Pierre avait décidé de prendre cette humeur pour argent comptant, mais au bout de trois jours il avait commencé de ressentir les atteintes de cette complaisance. Anne, avec des raffinements de Chinois, lui gâchait son plaisir. Pourtant le voyage avait débuté dans les délices : un mois de mai léger, aérien, des hôtels vides, des plages nues, des routes désertes, des villages couverts de glycines et de roses, des forêts de rhododendrons. C'était leur première grande échappée après quelques mois d'un mariage dont ils avaient toutes les raisons d'être satisfaits, lui à quarante ans, elle à vingt-cinq, ni riches ni pauvres, heureux de ce qui était à la mesure de leurs moyens, ignorant l'envie. Quand Pierre arrêtait la voiture en haut d'une corniche pour contempler une des admirables plages portugaises fouettées par le vent, son regard, plus que sur le panorama, s'arrêtait sur le profil d'Anne : fin et droit, les sourcils joliment arqués, blondis sous le hâle, mais le front qu'il avait toujours trouvé charmant lui semblait maintenant têtu, dur comme de la pierre.

Le nom dangereux d'Obidos n'était plus jamais prononcé. La responsabilité de ce nom incombait aux prospectus distribués par une agence de tourisme. Anne y avait vu une photo de la ville blanche entourée de ses remparts :

— Quand y serons-nous ? avait-elle demandé.

— Nous ne passerons pas très loin, mais je crains que si nous voulons voir le Sud, nous n'ayons ni le temps de nous arrêter, ni même de faire le crochet.

Pourquoi avait-elle insisté ? Ce n'était pas son genre. Ni celui de Pierre de refuser avec des raisons de moins en moins évidentes, absurdes pour tout dire à la fin, et qui dénotaient chez lui une nervosité insolite.

— Mais, disait Anne, nous ne sommes pas un train sur des rails et puis cela te ressemble si peu de refuser l'imprévu que je ne comprends pas. Toi tu connais tout le Portugal, moi pas.

Cependant il s'était entêté sans arriver à bien s'expliquer ce qui l'irritait lui-même plus encore que le bon sens d'Anne. Enfin, elle avait cédé d'une façon si brusque, si inattendue qu'il ne pouvait pas considérer cela comme une victoire, tout au plus comme un soulagement. Et depuis trois jours, il cherchait ce qu'Anne pouvait penser, quelles restrictions mentales se cachaient derrière ce renoncement si aisé. Il ne venait pas à l'idée de Pierre que sa jeune femme avait peut-être tout simplement oublié ce sujet de discussion et qu'il lui prêtait un machiavélisme dont elle était sans doute incapable. Ils furent de nouveau heureux sans arrière-pensée, le soir où ils s'arrêtèrent à Nazaré. Leur fenêtre-balcon donnait sur la grande plage semée de filets jaunes et rouges, de bateaux polychromes à la proue décorée. La nuit tomba et, côte à côte, ils contemplèrent l'océan qui roulait ses hautes vagues sur la plage, inlassable. Dans la nuit, les gerbes d'écume phosphorescentes dessinaient jusque dans un lointain laiteux la courbe incomparable de la côte. C'était beau, infiniment beau, cela emplissait le cœur de certitudes. Serrant le bras d'Anne,

Pierre crut qu'il allait lui parler, mais la crainte de troubler cet instant parfait le retint, et il éprouva même du plaisir à sacrifier la confidence qui lui venait soudain si facilement aux lèvres. Il se tut avec l'espoir que tout était oublié. Le lendemain il conduisit sans hâte sur des routes jardinées comme les allées d'un parc privé. Il y avait des monastères à voir dans l'intérieur du pays, mais la fascination de la côte était telle qu'ils renoncèrent à Batalha et à Alcobaça pour ne pas quitter des yeux l'océan, les falaises, les îles Berlingues et, enfin, la presqu'île de Peniche qui, avec ses maisons rouge et blanc à balcons, ressemble à une ville coloniale. Ils y passèrent une autre nuit parfaite, réveillés tôt par le départ des chalutiers dans le matin brumeux. Sur la carte, Pierre retrouva une route dont il se souvenait. Sinueuse mais traversant de belles forêts, elle suivait de plus ou moins près la côte jusqu'à Lisbonne. L'embranchement proche de Peniche évitait Obidos.

Ils quittèrent la presqu'île dans le soleil qui avait dissipé les brumes. La route s'enfonçait à travers une nouvelle province, l'Estramadura, jardin potager hérissé de moulins dont les voiles tournaient dans le vent. Quelques kilomètres après Peniche, ils arrivèrent à l'embranchement. Deux panneaux indiquaient d'un côté Lisbonne, de l'autre Obidos. Ainsi le nom d'Obidos bondit de nouveau entre eux et Pierre éprouva un instant de désespoir aigu, tandis qu'Anne se taisait. Il n'eut que quelques secondes pour prendre sa décision et ce fut elle qui dit :

— Mais pourquoi ne prends-tu pas à droite pour Lisbonne ? Par cette autre route, nous allons à Obidos.

— J'ai réfléchi. Nous avons le temps de voir la ville de l'extérieur. Ce serait trop bête de s'en priver puisque toi, tu ne la connais pas, si moi je la connais.

— Je croyais...

— Non, j'avais tort.

Obidos ne tarda pas à apparaître après une colline, spectacle fascinant de grâce et de force, ses maisons ceintes d'une blonde muraille de remparts crénelés. Pierre n'avait pas réfléchi. Tout s'était décidé en un instant comme si une volonté supérieure à la sienne l'avait empêché de tourner à droite. Et maintenant le village était là, devant lui, et il ressentait un bien-être inouï.

— Ç'aurait été dommage, dit Anne. Nous n'avons peut-être rien vu de plus beau depuis la frontière.

— La route contourne le village. Nous passerons sous les murailles et puis nous rejoindrons Caldas da Reinha. De là c'est direct pour Lisbonne et beaucoup plus rapide.

— Comme tu voudras, mon chéri !

Un dernier tournant découvrit, d'une hauteur, le village entier avec son chaos de maisons, ses treize églises, éclatantes de blancheur dans le soleil. Il arrêta la voiture, coupa le moteur. Le vent qui faisait tourner les moulins autour d'eux, caressait une prairie en pente où les moutons paissaient entre les chardons bleus, les fleurs sauvages et de grandes flaques de trèfle mauve.

— Je crois, dit Anne, que c'est un miracle, quelque chose qui nous est offert à travers les siècles, sans une tache, sans une bavure. Le temps s'est arrêté.

Il appuya sur le démarreur, mais le moteur resta silencieux, terriblement silencieux, avec juste un petit déclic imbécile. Pierre essaya plusieurs fois, descendit, souleva inutilement le capot pour découvrir un moteur auquel il ne comprenait rien sinon qu'on ne pouvait le mettre en marche qu'avec un démarreur.

— C'est la panne idiote, dit-il. Je crois me souvenir qu'il y a un pompiste à l'entrée du village. Il aura peut-être une idée.

Il desserra le frein et la voiture se laissa glisser doucement, un peu hésitante dans les virages en épingle à cheveux. Obidos qu'ils dominaient vint à leur hauteur puis bientôt les domina à son tour quand ils s'arrêtèrent en roue libre devant le pompiste et son garage. Un petit homme couvert de cambouis se précipita sur la pompe. Pierre eut du mal à s'expliquer. Le petit homme plongea dans le capot. Il y eut un moment d'inquiétude avant qu'il ressorte triomphalement un démarreur dont les éléments semblaient en effet, malades. Par gestes et onomatopées, accompagnés de quelques mots d'anglais ou d'espagnol, il fit comprendre qu'en téléphonant à Caldas da Reinha on aurait, dans l'après-midi même, une pièce neuve.

— Eh bien ! dit Anne, nous qui ne voulions pas nous arrêter, nous y voici obligés.

Ce « nous » était gentil. Pierre eut peur qu'il fût ironique, mais toute malice semblait absente du visage d'Anne. Elle se félicitait du hasard qui servait son désir, sans exagération, presque avec timidité. Pierre l'aima beaucoup à cette minute-là et se dit qu'il l'avait mésestimée, que sa douceur cachait peut-être beaucoup d'intelligence du cœur. Abandonnant la voiture après l'avoir poussée à l'ombre, ils grimpèrent jusqu'à la poterne d'entrée décorée de si jolis azulejos bleus. La fraîcheur de cette ville toute découpée en pans d'ombres les accueillit et les enveloppa. Le silence y régnait dans les ruelles désertes, derrière les murs blancs et les volets de bois peint. Une grande quiétude s'empara d'Anne et même de Pierre qui, le cœur battant, avait franchi la porte. Il s'attendait à ce que les souvenirs lui sautassent à la gorge et lui fissent le même mal qu'il y a dix ans, mais au contraire, il éprouva un soulagement indicible. Des orangers avaient dû murir dans les jardins secrets d'Obidos car l'odeur s'en répandait en de suaves bouffées. Ils avancèrent dans les rues jusqu'à la place où l'on découvre la principale église du village, blanche aussi, mais soutenue par des portants de granit gris, flanquée d'une colonnade taillée dans le même granit. La porte était grande ouverte sur l'intérieur. Comme ils approchaient, les battants se refermèrent sans bruit, poussés par des mains invisibles tandis que les cloches carillonnaient, assourdies par la moiteur de l'air. Puis, de nouveau, ce fut le silence et ils marchèrent dans une ville apparemment déserte, endormie dans le soleil. Un escalier conduisait sur les remparts. Pierre le reconnut. Il l'avait pris un soir, juste après le coucher du soleil, quand la campagne alentour vivait ses dernières minutes. En haut, il ne reconnut pas sa vision : sur les collines tournaient les moulins, dans les champs semés de coquelicots et de trèfles des silhouettes s'agitaient sous de larges chapeaux de paille. Un peu plus loin, se distinguait un marais entouré d'arbres. Tout, autour d'eux, respirait et bruissait. Il poussa un soupir qui était de soulagement mais qu'Anne dut comprendre autrement car elle lui saisit le bras et le serra contre elle avec tendresse.

— Et là-bas, qu'est-ce que c'est? demanda-t-elle.

— C'est la *pousada*, l'ancien château d'Obidos transformé en hôtellerie.

— Tu y es allé?

— Oui, dit-il.

À ce moment-là, il se dit que tout n'était pas terminé, qu'il souffrait encore malgré les dix années passées, pas tellement à cause du souvenir, mais à cause de lui-même, si maladroit et si brutal en ce temps-là. Tout ce qui s'était passé avec cette femme maintenant perdue, éloignée, disparue à jamais, n'était pas à son honneur. Des remparts, on apercevait une partie de la cour et le noble escalier de pierre beige en haut duquel ils s'étaient séparés l'injure à la bouche, pleins de haine et de regrets dans leur orgueil.

— Nous allons y déjeuner, dit Pierre.

Ils suivirent les remparts, accompagnés par le bruit strident des cigales et redescendirent près de la *pousada*. La cour était vide, immaculée de blancheur avec ses quelques médaillons sculptés en granit clair. Un homme sortit et avança vers eux, en uniforme gris. Pierre le reconnut comme il reconnut la femme de chambre et la directrice de la *pousada*, une dame âgée aux cheveux gris dont on disait qu'elle avait été, dans sa jeunesse, une étoile des music-halls de Lisbonne. Tous ces visages se rassemblèrent autour d'eux et Pierre se crut cerné mais ce n'était qu'une illusion. Personne ne se souvenait, ou en tout cas, personne ne parut se souvenir de lui. Il en ressentit comme un coup au cœur, à la fois soulagé et puis inquiet : cet oubli semblait nier qu'il ait eu une autre vie dans un passé proche, une autre vie qu'avec Anne. Ils visitèrent la *pousada* dont l'ameublement, les fleurs discrètement arrangées dans les vases, les tapisseries et les boiseries témoignaient d'un goût très raffiné. On les servit dans la salle à manger aux fenêtres taillées dans les anciennes meurtrières. Ils étaient seuls et un service invisible s'organisa autour d'eux. Anne parlait de riens et Pierre l'écoutait distraitement, cherchant à relier l'heure présente au passé. Mais hormis le cadre, tout était différent. Il se souvenait d'une salle à manger bruyante, de familles, d'enfants, de mots brefs et ennuyés échangés avec la femme qui était alors devant lui, les mots de la fin d'une liaison orageuse, un échec finalement. Anne posa sa main sur la sienne et il sourit. Avait-elle deviné ? Il lui venait une infinie reconnaissance pour elle qui se conduisait avec tant de délicatesse.

À la fin du déjeuner, le portier vint prévenir Pierre qu'on le demandait dehors.

— Mais personne ne sait que je suis là ! Qui me demande ?

— Un mécanicien.

Dehors en effet attendait le pompiste qui souriait béatement. Il les avait cherchés partout. Le démarreur était réparé. Il s'excusait beaucoup. Juste un petit fil électrique déplacé. Il aurait dû le voir tout de suite. Pierre remercia et dit qu'ils arrivaient dans un instant. En rentrant dans la *pousada* il aperçut sur la table du hall un livre relié en velours à fermoir de cuivre, le livre d'or. Il l'ouvrit, retrouvant les années sous les signatures : 56, 55, 54, mais à 54 il chercha en vain les deux noms enlacés. Nerveusement il feuilleta les pages jusqu'à ce qu'il s'aperçût que l'une d'elles avait été déchirée avec assez de maladresse d'ailleurs. Ainsi tout était effacé. Rien ne demeurerait de ces quelques jours morts à tout jamais. Il pouvait cesser d'y croire. Pierre referma le livre violemment et revint dans la salle à manger.

— La voiture est prête.

— Déjà ! On dirait que tu n'es pas content.

— Mais si, mais si. Je suis très content. Nous avions décidé de coucher à Lisbonne ce soir. Nous y serons.

Ils partirent, accompagnés de souhaits charmants. La cour blanche les aveugla et ils coururent jusqu'à une rue qui traversait le village dans l'ombre et le silence. Pas plus qu'à l'aller ils ne rencontrèrent âme qui vivait et pourtant rien ne ressemblait moins à une ville morte, comme si un mot d'ordre les avait isolés, mis à l'abri des regards pour qu'ils se promenassent seuls, la main dans la main, luttant contre l'engourdissement d'un rêve. La vie réapparut après la poterne. La lumière frappait de plein fouet l'asphalte tremblant de la route. Des paysans passaient sur de petits ânes qu'ils harcelaient à coups de talon. Un autocar s'arrêta pour débarquer des paysannes en noir. Un peu plus bas, le garagiste souriait, en lavant le pare-brise de leur voiture. Ils le remercièrent et Pierre se mit au volant, actionna le démarreur. Le moteur tourna doucement. Le sourire du garagiste s'épanouit jusqu'aux oreilles. Il leva le pouce triomphalement.

— Oh, une seconde, Pierre, dit Anne. Je

vois qu'il vend des bonbons à la menthe. Donne-moi cinq escudos que je fasse une folie.

Il lui tendit une pièce et elle descendit de la voiture pour s'expliquer par gestes. Pierre caressa son démarreur, le volant, regarda ses pieds, prêt à appuyer sur les pédales. Près du pied droit, il y avait une petite boule de papier qu'il repoussa, mais la boule s'entrouvrit et Pierre se pencha pour la ramasser. C'était bien ce qu'il pensait : la page déchirée du livre d'or. Quand avait-elle pu faire ça ? Les femmes ont le don de se rendre invisibles à certains moments, de disparaître et de reparaître en arrêtant le temps. Il se redressa vite. Anne revenait, un bonbon dans la bouche, déformant sa joue gauche.

— Et voilà, dit-elle, partons.

Elle agita la main pour le garagiste et la voiture commença de descendre doucement la fin de la côte. Anne rangea ses bonbons dans la boîte à gants, défripa sa jupe, déplaça son sac contre la portière, puis, se baissant, saisit la boule de papier, et d'un geste désinvolte la jeta par la fenêtre.

— Et voilà, redit-elle, ravie. Vraiment, je ne regrette pas. Il me semble que si nous ne nous étions pas arrêtés à Obidos, je l'aurais toujours regretté. Et toi aussi, mon chéri, n'est-ce pas ?

C'est comme si nous nous étions enlevé un poids sur le cœur.

Il ne dit rien. Il pensa à la boule de papier perdue maintenant dans le fossé, à ce dernier exorcisme.

Une vraie jeune fille

— Tous les zeunes filles d'aujourd'hui pensent qu'à l'amor ! dit la dame un peu forte.

Frédéric surpris retira son pied qui, depuis un moment, caressait légèrement celui de Carlotta sous la table. Carlotta le regarda, une lueur de reproche dans les yeux et Frédéric comprit qu'il avait entendu la mort pour l'amour. Naturellement cette affirmation était des plus discutables. Moins distrait par la gentille proie qui s'offrait, Frédéric aurait aimé en débattre avec la dame un peu forte, la signora Vanessa, et lui prouver qu'à de rares exceptions près, les jeunes filles d'aujourd'hui ont une fâcheuse tendance à ne plus penser à l'amour. Mais Carlotta était là, sournoise et attentive, et il faisait chaud, très chaud sur la grande terrasse exposée au soleil, face au cirque de montagnes rouges. Des abeilles tournaient autour des tables, pour boire le jus des tranches de pastèques tristement évidées ou se noyer dans les fonds rubis pâle des verres tièdes. Frédéric chercha de nouveau le pied de Carlotta et ne le trouva pas. Il fronça les sourcils et le pied se rapprocha.

— Oui, répondit-il. Et c'est bien agréable.

— Zeune homme, vous dévriez pas dire. Dans la vie, il y a l'édoucazione, le mariaze, les zenfants... et la mouzique, la mouzique pardessous toute... Ah... Don Zuan... la, la la...

Frédéric trouva que la dame un peu forte avait une voix d'une jeunesse inattendue.

— Mama ! Mama ! dit Carlotta gênée.

— Cé pour toi que z'ai abandonné le sant, il y a vingt ans, et tou veux même pas qué zé fasse la, la, la... tou es oune monstre.

— Pas à table, Mama. Les gens nous regardent.

Les gens ne regardaient rien. Ils étaient complètement abrutis par la chaleur, éblouis par la lumière et buvaient des cafés tièdes apportés par des garçons endormis. Un noble vieillard aux cheveux blancs et aux énormes moustaches tombantes que la signora Vanessa désignait comme le général Capo di Ponte, héros de la campagne de Libye, s'était même complètement assoupi, le menton sur la poitrine. La dame un peu forte s'éventa avec un journal illustré. Devant ses grosses joues, passait et repassait la photo en couleurs d'une actrice à demi nue. Frédéric proposa à Carlotta de se baigner dans le petit lac opalin au pied de l'hôtel.

— Et la conzestion ? dit la signora Vanessa.

— Nous avons changé tout cela ! répondit Frédéric. Il n'y a plus de congestions après déjeuner maintenant. La race s'est améliorée.

Ils coururent passer des maillots de bain et dévalèrent le sentier. Carlotta plongea la première dans l'eau fraîche. Frédéric suivit et rattrapa la jeune fille. Elle se débattit mais il l'embrassa quand même dans le cou. Essoufflés, ils revinrent à la surface, et nagèrent un moment, côte à côte.

— Es-tu une enfant volée ? demanda Frédéric.

— Hélas, non ! dit Carlotta. Mais dans mon enfance c'était mon rêve. Comment peut-on être une enfant volée ?

— Il n'y a pas de méthode à suivre.

— Ah ! Dommage...

Frédéric se dit qu'elle n'était pas absolument divine, mais qu'on pouvait cependant la considérer comme une créature promise à un certain avenir. L'important était qu'elle ne le sût pas. Il suffisait déjà que la signora Vanessa fît des projets pour sa fille. Ruisselants, ils remontèrent sur la terrasse. Les clients de l'hôtel leur jetèrent un regard amorphe.

— Comme il fait saud! dit la dame un peu forte. Cé pas la peine de vénir à la montagne pour mourir dé saleur comme ça. Encore plus saud que le zour où z'ai santé à Tripoli.

— Quel Tripoli? s'enquit pesamment Frédéric. Il y en a trois : en Syrie, en Libye, en Grèce.

— Tripoli de Libye, voyons, zeune homme! En terre italienne. Ah, où es-tu notre empire? *Mare nostrum...*

De son bras court et gras, elle désigna au-delà des montagnes, les mers qui lui avaient appartenu.

— Et que chantiez-vous?

— Elvire! Z'aurais dû me méfier. Quitter la scène pour épouser oun vrai Don Zuan est touzours pouni. Z'étais zeune fille quand il m'a zéduite, le papa de Carlotta. Et maintenant, veuve à quarante ans...

Sa grosse poitrine se souleva et retomba dans un soupir.

— Vous ne les paraissez pas! dit enfin Frédéric.

Il lui en donnait plus de cinquante.

— Il est mort! dit la signora Vanessa avec une certaine satisfaction. Mort dé tous zes amors... En me laissant seule avec le bébé...

Frédéric assura qu'il aimait beaucoup les bébés de l'âge de Carlotta. La signora Vanessa sourit avec condescendance. Bien qu'elle eût été payée pour ne plus s'y fier, elle ne détestait pas la galanterie un peu appuyée.

— Vous croyez, n'est-ce pas? Pourquoi elle est commé ça, bien zolie dans lé maillot dé bain, ma'z'est oune bébé, oune vraie zeune fille...

Depuis deux nuits au moins, Frédéric avait des raisons d'en douter. Il se tut cependant. Les mères ont droit au mensonge par omission. La signora Vanessa bâilla.

— Zé crois que zé vais dormir un petit! Tou viens, Carlotta?

— Dans cinq minutes, Mama.

— Zé t'attends.

Elle se leva, serrant contre son flanc généreux un énorme sac en raphia rempli à craquer d'on ne sait quoi et passa devant plusieurs tables en inclinant chaque fois la tête. Frédéric imagina qu'un jour, Carlotta serait peut-être ainsi. Il lança un regard méchant à la jeune fille.

— Et si ce n'était pas ma mère? dit Carlotta qui avait compris.

— Mais nous savons déjà que tu n'es pas une enfant volée.

— Oh oui, c'est vrai.

Elle parut triste et découragée.

— Je voudrais être adorée ou épouser un génie.

— Je ne suis pas un génie, mais je t'adore.

— Non, non je le sais bien. Je n'aurais pas dû te céder.

— Qui a cédé à l'autre ? On ne le saura jamais.

Frédéric pensait que les responsabilités étaient bel et bien partagées. Peut-être pouvait-on faire aussi et quand même une part au hasard. Les voitures qui ont des pannes savent très bien ce qu'elles font. La sienne aurait pu s'arrêter dans une grande ville industrielle ou un village en rase campagne, mais elle avait choisi, dans les Dolomites, la station thermale de Carezza où un mécanicien lui ouvrait le ventre et se penchait gravement sur ses malheurs. Carezza était bien un endroit éblouissant de calme et de beauté, mais la jeunesse n'y abondait pas. L'âge moyen était celui de la signora Vanessa. On y soignait des artères fatiguées, des mélancolies doucereuses. À onze heures du soir, les lumières s'éteignaient. Il n'y avait donc pas d'illusions à se faire : ailleurs Carlotta eût été trop entourée pour prêter attention à un vieillard de trente ans comme Frédéric, ailleurs Frédéric aurait eu un trop beau choix pour risquer l'attaque d'une jeune fille de vingt ans, flanquée de sa mère. Dans un sens, ç'aurait été dommage, se dit-il. Carlotta avait de l'humour. On peut aimer une femme rien que pour son humour.

— Pourquoi passes-tu ton été à Carezza? demanda-t-il.

— Pourquoi cé n'est pas sér! dit Carlotta, en imitant l'effroyable accent de sa mère. Nous sommes pauvres, je suis une jeune fille pauvre. Il y en a, tu sais...

— Je l'ignorais.

— Nous sommes pauvres, mais il ne faut pas que ça se sache. En hiver, on sacrifie tout pour que je parle bien le français et l'anglais. En été, nous prenons des vacances mais en général, dans des endroits qui ne sont pas à la mode, parce qu'ils sont moins chers. À Carezza, on n'est pas condamné à étaler une grande garde-robe. Et puis les soirées sont longues et nous trouvons des partenaires pour jouer aux cartes.

Frédéric avait remarqué que tous les soirs, la mère et la fille s'installaient à une table et jouaient pendant deux ou trois heures.

— Tu ris? dit Carlotta.

— Non, ça ne me fait pas rire. Je pensais à vos têtes quand vous jouiez hier soir.

— Quand nous jouons, ce n'est pas pour perdre. Il faut gagner, comme il faut se marier jeune. Mais pour se marier jeune, on doit rencontrer des hommes, beaucoup d'hommes... Donc il serait important d'aller ailleurs qu'à Carezza.

— C'est la quadrature du cercle.

— On le croirait. Mama fait des mathématiques toute la journée. Problème : comment vendre sa fille et ne pas perdre la face ?

Les garçons desservaient les tables. Les deux jeunes gens étaient seuls sur la terrasse.

— Fais-moi rire, dit Carlotta. Sinon, je vais pleurer.

Frédéric grimaça.

— Je ne suis plus une enfant, dit-elle. Tu n'as pas d'imagination ?

— Je croyais en avoir. Tu as dû lui tordre le cou. On ne doit pas raconter ces choses-là. Ça me rend triste.

— Un homme triste est bon à jeter aux chiens.

— Tu as bien raison. Serais-tu intelligente, Carlotta ?

— Je le suis, et je me demande pourquoi, par quel miracle. Il est vrai que l'Italie est la terre des miracles. Dis-moi, Frédéric...

— Oui.

— Où iras-tu quand ta voiture sera réparée ?

— À Venise. J'y retrouve des amis.

Carlotta fit l'incrédule.
— Des amis? Hum! Hommes ou femmes?
— Moitié moitié.
Un garçon revint vers eux en traînant les pieds.
— On vous demande au téléphone, dit-il à Frédéric.
— J'y vais.
Quand il revint, Carlotta avait disparu, laissant un message écrit au rouge à lèvres sur le menu : « Ne me dis pas que ta voiture est réparée et que tu t'en vas. » Il partit se promener à pied dans la montagne. La voiture serait prête le lendemain et pourtant il n'était plus aussi certain de son envie de gagner Venise et de rejoindre ses amis et en même temps il s'avouait qu'il serait tout à fait stupide de rester à Carezza pour le seul charme de Carlotta. Il y a des charmes auxquels on se doit de résister, et puis ces montagnes rouges tachées de forêts vertes, cette ville tranquille au bord d'un lac paisible, engendraient la mélancolie. Frédéric tira à pile ou face et vit que le sort lui enjoignait de reprendre demain la route de Venise. En regagnant l'hôtel, il aperçut dans le sentier montant à une chapelle, la signora Vanessa. Elle ouvrit la bouche comme un four.
— Carlotta dit qué vous zétés parti.
— Carlotta ne sait pas ce qu'elle dit.

— Vous zétés pas marié ?
— Non. Rassurez-vous.

La signora Vanessa dut s'asseoir sur un banc de pierre pour souffler. Frédéric se dit qu'elle ignorait la question numéro un du problème qui la tenaillait : comment marier sa fille sans apparaître ? La difficulté résidait là. En eut-elle conscience soudain quand le regard dur de Frédéric se posa sur elle ? Deux larmes roulèrent sur ses joues.

— Zamais, zamais ! dit-elle. Zamais zé n'aurais dou abandonner le sant ! Nous sérions risses...

— Tout est-il toujours une question d'argent ?

— Pourquoi vous zen avez beaucoupe ?

— Non pas beaucoup. Un peu. Je travaille comme tout le monde.

— Ah ? Vous zen avez solement un pétit... Enfin z'est mieux qué *niente*, qué presque rien... Alors, vous diziez : ça compté pas ! Mais si ça compté, ça compté...

Dégoûté, Frédéric l'abandonna sur son banc de pierre et revint vers l'hôtel. Il dîna quand même à leur table. Carlotta parut sombre, gardant ses pieds sous la chaise.

— Vous zouez aux cartes ? dit la signora Vanessa.

— Oui, je ne suis pas un champion, mais cela m'arrive.

— Frédéric, ne jouez pas ! dit Carlotta.

— Pourquoi tou dis ça, ma série. Si Mossieur Frédéric veut zouer, il est assez grand.

— Non, Frédéric.

Mais Frédéric craignait une nouvelle conversation avec Carlotta.

— Lé zénéral est libré, dit la signora Vanessa. Ça fera lé quatrième...

Frédéric pensa qu'il était temps de montrer un peu d'indépendance à l'égard de la jeune fille. Ils s'installèrent à une table dans le salon. Le général ne parlait pas français et lissait sans arrêt ses moustaches blanches et jaunes. Au bout de deux heures, Frédéric s'aperçut qu'ayant mal compris le taux auquel on jouait, il avait perdu l'argent de ses vacances. Il lui restait de quoi payer l'hôtel de Carezza, le garage et l'essence du retour à Paris. Le général n'avait pas été plus heureux, mais ses pertes le laissaient indifférent. Avec joie même, sembla-t-il, il tira un carnet de sa poche et signa un chèque pour la signora Vanessa, salua raidement et monta se coucher. Frédéric signa aussi un chèque, affectant la désinvolture. Quand on se conduit en imbécile, l'important est au moins de ne s'en prendre qu'à soi-même. Ces dames jouaient comme des professionnelles. La signora Vanessa bâilla, pria qu'on l'excusât et gagna sa chambre. Carlotta s'apprêtait à l'imiter, mais Frédéric l'arrêta.

— Tu me dois bien une petite promenade au bord du lac.

— Oui, dit-elle. Je te la dois. Je monte prendre un chandail et je reviens.

Frédéric fit les cent pas dans le hall. Avisant le portier, il lui annonça son départ pour le lendemain.

— C'est dommage. J'espère que vous n'avez pas été trop plumé?

— Non! mentit Frédéric par amour-propre. Le général a perdu plus que moi.

— Le général? Hum...

Le portier se replongea dans ses comptes. Carlotta descendait, pâle et nerveuse. Ils sortirent dans la nuit fraîche.

— Nous faisons le tour du lac? demanda Frédéric.

— Oui.

Ils marchèrent côte à côte en silence. Frédéric avait compris. Il ne dirait rien. La naïveté se paye, pensait-il. Cela ne lui était encore jamais arrivé, mais il faut que les choses vous arrivent au moins une fois pour apprendre que la confiance ne saurait régner partout. Carlotta trébucha. Il la retint par le bras qui était à la fois tendre et musclé. C'est vrai qu'elle avait du charme, de l'humour et un exquis corps dont le parfum, dans la nuit, se mêlait à l'odeur des pins. Dommage qu'elle fût si coûteuse. Ils arrivaient au bord du lac. Carlotta s'arrêta.

— As-tu un briquet? demanda-t-elle.
— Oui.

Il lui tendit la petite flamme qui éclaira le visage en rouge, mais la jeune fille n'avait pas de cigarette, seulement un chèque, celui de Frédéric, qu'elle alluma et jeta par terre.

— Voilà, dit-elle, tu pourras quand même passer tes vacances à Venise. Mais rappelle-toi que je t'avais dit de ne pas jouer.

— Si j'avais gagné, j'aurais empoché le chèque de ta mère.

— Oh! Frédéric, tu ne comprends rien. Nous trichons... Le général Capo di Ponte est notre complice. Ce n'est pas un général, mais un vieil acteur qui a été l'amant de ma mère pendant sa fameuse et unique tournée en Libye. Voilà, tu sais tout!

Elle pleurait. Il n'avait pas le courage de la prendre dans ses bras et restait à côté d'elle, immobile et désarmé.

— L'été, dit-elle encore, nous allons d'hôtel en hôtel à la recherche d'une victime. Le coup fait, il n'y a plus qu'à s'en aller. Maman avait décidé de partir demain quand je lui ai repris le chèque.

— Qu'a-t-elle dit ?

— Elle a gémi. Comme toujours. Elle prétend qu'ici nous sommes brûlées, que le portier nous a vues ailleurs. On va peut-être nous arrêter...

Frédéric lui prit le bras et la reconduisit à l'hôtel. Il parlait avec gentillesse, sans illusion sur la consolation qu'il apportait et sans savoir non plus quel était son sentiment profond.

Il la raccompagna jusqu'à la porte de sa chambre, mais là, Carlotta fit non de la tête avec une obstination si douce qu'il resta d'abord sans un mot.

— Pourquoi ? dit-il enfin.

— Parce que tu sais !

— J'ai beaucoup aimé faire l'amour avec toi.

— Maintenant tu sais ! répéta-t-elle.

Une pensée pénible traversa l'esprit de Frédéric, mais il avait trop envie de Carlotta pour se taire.

— Vas-tu prétendre que tu n'as fait l'amour avec moi que pour m'attirer dans la partie de cartes de ce soir ?

Il la sentit se raidir et comprit trop tard qu'il l'avait cruellement offensée, inconsciemment, comme un homme, pour un désir trop vif qui s'effacerait bien avant l'offense.

— Je ne te répondrai pas, dit-elle. Tu ne sauras jamais !

— Pardon !

— Il n'y a pas de pardon. Il est possible que je sois comme eux. En tout cas, je profite de leur crapulerie. Tu n'as pas tort. Va-t'en Frédéric.

Le lendemain Frédéric déposa chez le portier une enveloppe au nom de la jeune fille. Elle contenait un chèque, la moitié de ce qu'il avait perdu la veille. Il se privait de quelques jours de vacances pour que Carlotta quittât Carezza sans honte. Sa voiture était prête et il s'engagea sur la route d'Udine pour Venise. Peu après Udine, il avisa une trattoria agréable au bord de la route et s'arrêta. On lui servit du jambon de Parme et de l'orvieto qu'il but lentement au soleil. Il n'était pas pressé de gagner Venise. Une insatisfaction le retenait encore à Carezza et pas seulement la nuit manquée avec Carlotta, quelque chose de plus grave et de plus simple, cette sorte de blessure inquiète qu'ouvre une vision un peu sordide de la vie. Il prenait son café quand une vieille Lancia d'avant-guerre, noire et encore noble ralentit et s'arrêta devant la trattoria. Le faux général Capo Di Ponte conduisait et la signora Vanessa s'épongeait le front. À l'arrière, à demi enfouie parmi des bagages hétéroclites, Carlotta lisait. La signora Vanessa s'apprêtait à descendre quand elle aperçut le regard de Frédéric fixé sur eux. Elle poussa un petit cri. Capo Di Ponte ne comprit pas. Elle dut lui parler dans l'oreille et il s'embrouilla dans ses vitesses. La Lancia recula, puis partit en hoquetant. Carlotta, bien que sûrement avertie de sa présence, n'avait pas bougé.

Frédéric les doubla à la sortie de Padoue. À Venise, il retrouva ses amis qui commençaient à s'inquiéter de son retard. Il se raconta, n'omettant, à cause de Sophie, que les nuits avec Carlotta. Sophie eut le tort de ne pas prendre cela avec humour et Frédéric accepta cette mauvaise humeur avec encore moins d'humour. Très vite, ils n'eurent pas d'autre solution que de se faire la tête.

Comme, à Venise, il est impossible de ne pas se rencontrer, Frédéric et ses amis dînèrent le lendemain dans une trattoria où le faux général et la vraie signora Vanessa firent leur apparition sur le tard, suivis de Carlotta. C'est seulement après avoir passé commande de leur dîner, que la signora aperçut Frédéric mêlé à un petit groupe. Elle blêmit, puis comprit que c'était s'avouer coupable et prit un air dédaigneux et pincé. Pas une fois le regard de Carlotta ne croisa celui de Frédéric. Sophie plus fine qu'on ne l'aurait cru, dit :

— Cela se voit comme le nez au milieu de la figure.

— Quoi ? répondit bêtement Frédéric.

— Mon cher, ne jouez pas les enfants de chœur.

Frédéric comprit qu'il avait perdu Sophie et qu'il ne regagnerait jamais Carlotta. Il n'y avait pas de quoi rire.

La baleine

J'étais un matin à ma fenêtre, regardant Dino travailler dans le jardin, quand des cris montèrent du lac. À la surface de l'eau une tête émergeait, des bras battaient avec furie. « *Help! Help!* » hurlait une voix de femme interrompue par des gargouillis.

Je me déshabillai à demi en descendant les escaliers quatre à quatre et entraînai Dino qui, la main en visière, contemplait le lac avec intérêt. Arrivé au bord de l'eau, je n'avais plus que mon pantalon à faire glisser. La voix criait encore « *Help! Help!* » mais par intermittence, et les bras giflaient avec désespoir l'eau calme. Les cinquante mètres me parurent très longs avant d'arriver à une grosse face rouge barbouillée de cheveux, qui étouffait d'avoir bu une gorgée trop brutale. Ses yeux tournaient encore comme des boules. Affolée, la femme tendit la main vers moi et manqua m'agripper à l'épaule. Je m'écartai et la contournai pour essayer de la surprendre de dos, mais elle pivota également, retrouvant un peu de souffle pour crier : « *Help !* » d'une voix qui me parut énorme. Je parvins enfin à lui planter un genou dans les reins et à passer l'avant-bras sous son menton. Elle se débattit encore, puis se laissa faire. Je regardai vers la rive. Dino ne m'avait pas suivi. Il était tranquillement occupé à ouvrir les portes du garage à bateau, à préparer les rames. Sous mon bras, la grosse créature essoufflée se raidit, tenta de se dégager, cria de nouveau. Elle allait m'entraîner au fond du lac. Je lui cambrai les reins d'un genou plus rude et elle poussa un cri de douleur. De la rive Dino me fit signe de patienter. Il s'asseyait sur le banc du bateau et prenait les rames. Tout le village de Gandria aux fenêtres, suivait avec intérêt l'aventure. Je ne jure pas que le départ de Dino ne fut pas applaudi.

Est-ce parce qu'elle l'aperçut ? Est-ce par fatigue ? En tout cas, la grosse créature que je maintenais s'apaisa soudain. Son corps remonta vers la surface et fit la planche. Dino arrivait. Pour la hisser, ce fut une autre histoire. Il me fallut peser de l'autre côté de la barque. Le tas finit par rouler contre le plat-bord et tomber avec un bruit humide et gluant dans le fond. Dino était hilare.

J'écartai les cheveux de la face écarlate. Les yeux ne roulaient plus comme des billes. Un sourire se dessina sur les lèvres qui murmurèrent : « *Thank you,* Dino ! » Les formes gélatineuses comprimées dans un pudique maillot de bain noir à jupette, appartenaient à une Anglaise entre deux âges que nous croisions souvent dans les rues de Gandria, habillée tantôt en paysanne tyrolienne, tantôt en moissonneuse lombarde avec corsage à fleurs, jupe rayée blanc et rouge et chapeau de paille à rubans de velours. Sur la rive, ma femme nous attendait avec des serviettes.

Nous dûmes encore hisser notre créature sur le môle. Elle ne nous aida guère, puis se mit à pleurer pendant que nous la frottions énergiquement avec des serviettes. Cependant tout réflexe n'était pas éteint chez elle, car son regard tomba sur le slip exigu qui m'était resté après mon déshabillage rapide : « *Ho !* » fit-elle. Je la priai de m'excuser et partis remettre mon pantalon de toile abandonné sur la dernière marche. Dino rentrait la barque dans le garage. Notre noyée voulut son bras pour remonter les escaliers. Je me contentai du rôle moins brillant de pousseur, les mains, plus bas que ses reins, enfoncées jusques aux poignets dans une chair généreuse.

À la maison, un verre d'alcool acheva de la

remettre et de tarir ses larmes. Elle nous dit merci et donna son adresse : Albergo Bottone ; son nom : Miss Margaret Trude (Troudie bien entendu, phonétiquement) ; sa ville natale : Nottingham ; son occupation : vendre des chaussures comme tout le monde à Nottingham. Je téléphonai à l'hôtel Bottone pour qu'on apportât un peignoir à sa taille, un manteau, des souliers. Elle tendit son verre vide et je le remplis d'une nouvelle rasade de *grappa* qu'elle avala d'un trait sans sourciller.

— *I am sorry !* dit-elle.

Dino conscient qu'il n'avait plus rien à faire, se dirigea vers la porte. Il retournait au jardin, un petit sourire au coin des lèvres. Miss Trude lui jeta un regard humide et répéta comme sur le bateau :

— *Thank you*, Dino !

Il y avait tant de reconnaissance dans cette voix que j'en fus troublé, mais notre jardinier ne ressentit sans doute pas la même émotion. Avant de refermer la porte, il se retourna et m'adressa un clin d'œil.

Une femme de chambre apportait de l'hôtel un peignoir vert pomme et des sandales pour éléphante. Miss Trude se leva du fauteuil, enfila le peignoir qui la fit simplement doubler de volume. Elle reprenait ses esprits. Tendant sa large main, elle nous gratifia de deux vigoureux *shakehands*, promettant sa visite dès qu'elle aurait repris figure humaine. Par la fenêtre, nous la vîmes s'engager dans la ruelle où deux personnes de sa taille n'auraient pu se croiser. Sa silhouette nous sembla pathétique.

Nous avions loué cette maison au bord du lac de Lugano à la fin de l'été. De la terrasse, on dominait la partie du lac qui s'enfonce en Italie, mais, très près de la frontière, nous étions encore dans le Tessin qui conjugue les charmes de l'Italie et l'ordre de la Suisse. Cet endroit était beau et paisible. Tout autour s'étageaient les maisons roses et gris du village de Gandria. Le silence revenait sur le lac après un bruyant mois d'août. Le bateau à aubes ne nous visitait plus qu'une fois par jour. J'avais pour moi une large fenêtre et devant la fenêtre une table avec une rame de papier blanc. Mais le temps passait, et au lieu de travailler, je dessinais tantôt des barques avec leurs jolis arceaux de bois sur lesquels on tend une toile pour se protéger du soleil, tantôt des maisons crépies aux balcons fleuris, ou des touristes bardés d'appareils photographiques, une rose que Dino venait de couper, un douanier suisse ou italien. Pourtant, les distractions allaient manquer. Le ciel s'était déjà fâché deux ou trois fois, l'eau n'était plus si tiède pour nos bains et le léger courant qui draine le lac, emportait des feuilles mortes ou des fleurs fanées. Quittant ma table, je pouvais encore me pencher à la croisée et contempler notre jardin qui descendait par des terrasses et un escalier jusqu'à la rive. Dino, qu'on nous avait loué avec la maison, l'entretenait sans zèle excessif, avec des soins gentils. Ses fortes mains carrées gardaient pour les fleurs des délicatesses de jeune fille. La bombe et les ciseaux à la main, il pourchassait fourmis et pucerons, taillait les buis. Vers quatre heures de l'après-midi, il repartait pour Oria, de l'autre côté de la frontière, un pain et un paquet de cigarettes dans sa poche, seule contrebande autorisée par les douaniers. Il avait quarante ans. Une blessure de guerre l'obligeait à pédaler d'une façon un peu raide, mais c'était un bel homme, mince, au visage moqueur. À Oria, il entretenait une famille classique : la mamma et les cinq enfants qui allaient à peine plus à l'école qu'il n'y était allé. Protégé par la frontière, il prenait dès son arrivée en Suisse un air gourmand quand il apercevait des jupons, jetant un mot au passage, un jour même une fleur par-dessus notre mur pour des jeunes filles qui marchaient dans la ruelle.

Le lendemain du sauvetage, au retour

d'une longue marche au Monte San Salvatore d'où Chateaubriand rêva qu'il apercevait l'Égypte, la cuisinière nous avertit que Miss Trude était venue nous rendre visite et que, ne nous trouvant pas, elle était allée dans le jardin parler avec Dino. Comme Miss Trude ne parlait que l'anglais et comme Dino n'entendait que l'italien, je me demandai ce qu'avait pu être leur conversation. Cette conversation se répéta néanmoins plusieurs fois. On eût dit que, par un fait exprès, Miss Trude venait toujours lorsque nous étions en promenade. Nous l'aperçûmes pourtant une fois alors que nous revenions à pied de Lugano par le sentier qui longe le lac. Ma femme m'arrêta par le bras et me désigna une crique en dessous de nous. Sur les rochers, s'étalait le peignoir vert pomme. Elle n'était donc pas dégoûtée des bains ? Mais où était-elle ? Je commençais à m'inquiéter quand au milieu de la crique, surgit Miss Trude, un caillou rose dans la main. Un long jet d'eau sortit de sa bouche et elle nagea sans se presser pour déposer son caillou rose. Puis elle se retourna vers le centre de la crique et, plongeant sur elle-même, comme un marsouin, nous offrit le spectacle de sa croupe énorme pointée vers le ciel, avant de disparaître vers le fond où elle resta une bonne minute avant de remonter avec un autre joli caillou, vert cette fois.

— Si tu veux mon avis, me dit C..., notre Troudie est une championne de natation qui ne risquait guère de se noyer devant la maison. Soyons discrets.

Nous le fûmes. Miss Trude quitta Gandria sans nous avoir revus. Il se mit à pleuvoir sur le lac dont les rives escarpées roussirent en quelques jours. Dino scrutait le ciel avec inquiétude. Ses roses perdaient un éclat que la vigueur des chrysanthèmes et les derniers beaux dahlias ne compensaient pas. Mais le moindre rayon de soleil rendait sa gaieté à Dino. Nous l'entendions chanter alors d'une voix assez agréable quoique un peu molle, la dernière scie à la mode : « *Ciao, ciao bambina.* » Cela me faisait lever la tête de mon travail. À court de gribouillis, je commençais à écrire mon livre où se glissait un peu de la mélancolie du lac déserté à l'approche de l'hiver.

Un jour que ma page restait irréductiblement blanche, on m'apporta le courrier. Je l'ouvris : ce n'étaient que factures et ennuis. Une seule lettre me surprit. Elle débutait par : *Mio Caro* et se continuait en anglais. On me racontait une première rencontre dans les ruelles de Gandria, des regards échangés furtivement, puis le sauvetage et enfin tout ce que nous n'avions pas pu nous dire faute de nous parler. C'était signé Margaret Trude. J'appelai ma femme qui lut la chose avec moins d'étonnement que moi, demanda l'enveloppe et me fit observer que ce billet doux n'était pas pour moi, mais pour Dino, à mes bons soins. L'enveloppe contenait aussi des pétales de rose séchés.

J'appelai Dino. Il vint sous la fenêtre.

— La grosse demoiselle anglaise vous a écrit.

Il éclata de rire et se vissa un doigt sur la tempe.

— Elle vous remercie encore de lui avoir sauvé la vie, ajoutai-je.

Il pouffa et me dit que à peu près toutes les étrangères étaient ainsi.

— Vous ne voulez pas lui répondre?

Il envoya sa main par-dessus son épaule et rit encore. Je crois qu'il avait mieux depuis quelques jours en la personne d'une Zurichoise qui se promenait seule dans Gandria, armée d'une paire de jumelles en bandoulière. Je n'insistai pas mais la lettre resta sur ma table et toute la journée me tenta. Le soir, j'écrivis en mauvais italien, avec le maximum de fautes d'orthographe, une lettre qui commençait par : *Dear Miss Trude.* Je l'assurai que ses roses m'avaient touché le cœur, que je n'oubliais pas nos œillades et le dramatique sauvetage, qu'il pleuvait à Gandria, mais que l'été suivant, j'espérais bien son retour. Puis je glissai un pétale de dahlia.

Ce n'était pas une supercherie, c'était une bonne action. J'avais quelques années auparavant traversé Nottingham et il m'en restait un souvenir des plus gris : une ville de fumée et de crachin, des rues où l'on marche entre des haies de chaussures au cuir luisant et provocant. La vie devait y être sinistre, les rêves hantés de pieds. Miss Trude avait droit à du bonheur.

Le bonheur ne lui fit pas peur. Elle se jeta dessus avec gloutonnerie. Dès la réponse, j'appris qu'elle s'était inscrite dans une école de langues et apprenait l'italien pour mieux se faire comprendre du cher Dino. Elle terminait par «*Saluti!*». Le mal n'était pas grave. Entre deux chapitres, je lui écrivis de nouveau signant : *Il vostro Dino*. J'apprenais l'anglais dans une école de langues à Lugano, je revernissais la barque, je m'occupais de la serre pendant que le monsieur français écrivait, écrivait sans arrêt. La réponse ne tarda pas. On y trouvait déjà quelques phrases d'un italien usuel qui restait encore dans les généralités, style . «J'espère que vous aimez la bonne cuisine », « je me suis acheté un manteau rose », « il fait froid à Nottingham. Et à Gandria ? » Toujours au nom de Dino, je lui répondis que j'adorais la bonne cuisine, que le rose me plaisait beaucoup, qu'à Gandria il faisait frais et non froid. Rien de très libertin, on le voit. Vers la dixième lettre, elle sembla tant progresser en italien que je me crus obligé de faire pareil en anglais. Après quelques phrases stéréotypées d'une rare convenance, « la neige est tombée sur la montagne », « le col du Saint-Gothard est fermé », « le monsieur français écrit toujours son livre », je commençai à m'enhardir dans les formules de politesse. Toutefois je commis une maladresse en écrivant que j'avais un rhume (ce qui était vrai pour moi d'ailleurs, mais pas pour Dino). Par retour du courrier, je reçus une véritable ordonnance et un paquet de médicaments qui me coûta cher de douane. Je fus obligé de guérir sur-le-champ, en accablant ma bienfaitrice de remerciements éperdus.

Noël approchait. Nous avions eu quelques jours de neige, puis le soleil. Avec la voiture, nous grimpions dans les villages tessinois de la montagne, le cœur ému de tant de beautés épanouies sur les sommets et dans les vallées. Dino ne venait plus que pour l'entretien de la serre et le chauffage de la maison. Je n'avais pas de remords le voyant toujours si gai, et, maintenant, épris d'une serveuse de café qui lui préparait des grogs. À Nottingham quelqu'un pensait à lui, réclamait une photo. Je pris la photo au bord du lac, sur le môle où nous avions si énergiquement ranimé notre fausse noyée avec des serviettes chaudes. En retour je reçus un portrait en pied de Miss Trude dans un manteau de fourrure qui la faisait ressembler à un ours grizzli. Un peu de tendresse se glissait dans la correspondance. Nottingham voulait savoir ce que Gandria désirait pour Noël. Ma femme conseilla une écharpe. Elle arriva le 24 décembre et j'en fis cadeau à Dino. Miss Trude ayant supplié notre jardinier de ne rien lui envoyer, je me tins quitte. Les choses se corsèrent pour le Nouvel An. Une lettre arriva signée Margaret et une croix. Les petites amies anglaises de ma jeunesse envoyaient ainsi des croix pour des baisers. Dino devait-il comprendre ? En son anglais rocailleux qui, cependant, se perfectionnait, il posa la question. Miss Trude dévoila sans pudeur le sens secret de ces croix. Le bas de la page en était plein. Je n'en rendis qu'une par le prochain courrier, conscient qu'un homme comme Dino mettait du prix à ses baisers. Miss Trude répondit amèrement : « Vingt croix contre une, le compte n'y est pas. » Faible, je répondis par deux ou trois. La pente était savonneuse. Il me fallut bientôt couvrir des pages entières de croix que ma correspondante comptait fiévreusement.

Le printemps approchait. Dino préparait ses semis. Mon livre avançait à grands pas. Miss Trude écrivait un italien très acceptable et je répondais en un anglais moins rigide. Au mois de mai, nous allions devoir rendre la maison. Je comptais finir mon livre au bord de la Méditerranée. Ma femme me reprochait mon divertissement. Qu'allait devenir cette correspondance quand nous serions partis ? Dino taquinait une demoiselle de la poste. Je cherchais une échappatoire quand le courrier de Nottingham, jusque-là si régulier, cessa brusquement. J'écrivis une lettre inquiète qui resta sans écho. Aucun doute : Miss Trude avait tourné la page. Il n'y a plus de femmes romanesques, il n'y a plus que des dévorantes. Notre marchande de chaussures avait un cœur d'artichaut. Je triomphai, un peu rassuré sur les conséquences de mon petit jeu. Le silence dura un mois. J'avais cessé d'écrire après une dernière lettre triste et résignée. Dino était au mieux avec la blanchisseuse quand je reçus une lettre d'un notaire de Nottingham. Miss Trude avait eu un accident, Miss Trude n'écrirait plus jamais. Avant de mourir elle avait dicté un testament en faveur de son « fiancé » qui héritait un magasin de chaussures dans le quartier suburbain. Le notaire priait Dino de le mettre en correspondance avec son propre notaire.

C'était beau, moral, assez juste. Cette fois, je fis la commission. Dino chercha dans son souvenir, se rappela notre baleine, éclata de rire, gifla ses cuisses, pleura sur mon épaule. Pour qu'il y crût, je dus le conduire chez un notaire de Lugano qui prit l'affaire en main.

Dino est maintenant un homme heureux. Il possède sa maison à Oria, mais continue de travailler de l'autre côté de la frontière, en Suisse, séparé de son épouse par la double barrière des douaniers. Il s'est acheté une motocyclette qui repose sa jambe fatiguée. Il ne jardine plus et s'est offert une barque à moteur avec laquelle il balade les touristes. La barque s'appelle, bien entendu, la *Miss Trude*. À l'arrière, on peut lire : *English Tours*. Lors de mon dernier passage à Gandria, j'ai appris qu'il semblait au mieux avec la vendeuse de cartes postales.

Une affiche bleue et blanche 9
La page arrachée 55
Une vraie jeune fille 71
La baleine 91

DÉCOUVREZ LES FOLIO À 2 €

GUILLAUME APOLLINAIRE — *Les Exploits d'un jeune don Juan*

Un roman d'initiation amoureuse et sexuelle, à la fois drôle et provocant, par l'un des plus grands poètes du xxe siècle...

ARAGON — *Le collaborateur* et autres nouvelles

Mêlant rage et allégresse, gravité et anecdotes légères, Aragon riposte à l'Occupation et participe au combat avec sa plume. Trahison et courage, deux thèmes toujours d'actualité...

TONINO BENACQUISTA — *La boîte noire* et autres nouvelles

Autant de personnages bien ordinaires, confrontés à des situations extraordinaires, et qui, de petites lâchetés en mensonges minables, se retrouvent fatalement dans une position aussi intenable que réjouissante..

KAREN BLIXEN — *L'éternelle histoire*

Un vieux bonhomme aigri et très riche se souvient de l'histoire d'un marin qui reçoit cinq guinées en échange d'une nuit d'amour avec une jeune et belle dame. Mais parfois la réalité peut dépasser la fiction...

TRUMAN CAPOTE — *Cercueils sur mesure*

Dans la lignée de son chef-d'œuvre *De sang-froid*, l'enfant terrible de la littérature américaine fait preuve dans ce court roman d'une parfaite maîtrise du récit, d'un art d'écrire incomparable.

COLLECTIF — *« Ma chère Maman... »*

Ces lettres témoignent de ces histoires passionnées de quelques-uns des plus grands écrivains avec la femme qui leur a donné la vie.

JOSEPH CONRAD — *Jeunesse*

Un grand livre de mer et d'aventures.

JULIO CORTÁZAR — *L'homme à l'affût*

Un texte bouleversant en hommage à l'un des plus grands musiciens de jazz, Charlie Parker.

DIDIER DAENINCKX — *Leurre de vérité* et autres nouvelles

Daeninckx zappe de chaîne en chaîne avec férocité et humour pour décrire les usages et les abus d'une télévision qui n'est que le reflet de notre société...

ROALD DAHL — *L'invité*

Un texte plein de fantaisie et d'humour noir par un maître de l'insolite.

MICHEL DÉON — *Une affiche bleue et blanche et autres nouvelles*

Avec pudeur, tendresse et nostalgie, Michel Déon observe et raconte les hommes et les femmes, le désir et la passion qui les lient... ou les séparent.

WILLIAM FAULKNER — *Une rose pour Emily* et autres nouvelles

Un voyage hallucinant au bout de la folie et des passions les plus dangereuses par l'auteur du *Bruit et la fureur*.

F. SCOTT FITZGERALD — *La Sorcière rousse*, précédé de *La coupe de cristal taillé*

Deux nouvelles tendres et désenchantées dans l'Amérique des Années folles.

ROMAIN GARY — *Une page d'histoire* et autres nouvelles

Quelques nouvelles poétiques, souvent cruelles et désabusées, d'un grand magicien du rêve.

JEAN GIONO — *Arcadie... Arcadie...*, précédé de *La pierre*

Avec lyrisme et poésie, Giono offre une longue promenade à la rencontre de son pays et de ses hommes simples.

HERVÉ GUIBERT — *La chair fraîche* et autres textes

De son écriture précise comme un scalpel, Hervé Guibert nous offre de petits récits savoureux et des portaits hauts en couleur.

HENRY JAMES — *Daisy Miller*

Un admirable portrait d'une femme libre dans une société engoncée dans ses préjugés.

FRANZ KAFKA — *Lettre au père*

Réquisitoire jamais remis à son destinataire, tentative obstinée pour comprendre, la *Lettre au père* est au centre de l'œuvre de Kafka.

JACK KEROUAC — *Le vagabond américain en voie de disparition,* précédé de *Grand voyage en Europe*

Deux textes autobiographiques de l'auteur de *Sur la route*, un des témoins mythiques de la *Beat Generation*.

JOSEPH KESSEL — *Makhno et sa juive*

Dans l'univers violent et tragique de la Russie bolchevique, la plume nerveuse et incisive de Kessel fait renaître un amour aussi improbable que merveilleux.

RUDYARD KIPLING — *La marque de la Bête et autres nouvelles*

Trois nouvelles qui mêlent amour, mort, guerre et exotisme par un conteur de grand talent.

LAO SHE — *Histoire de ma vie*

L'auteur de la grande fresque historique *Quatre générations sous un même toit* retrace dans cet émouvant récit le désarroi d'un homme vieillissant face au monde qui change.

LAO-TSEU — *Tao-tö king*

Le texte fondateur du taoïsme.

PIERRE MAGNAN — *L'arbre*

Une histoire pleine de surprises et de sortilèges où un arbre joue le rôle du destin.

IAN McEWAN — *Psychopolis* et autres nouvelles

Il n'y a pas d'âge pour la passion, pour le désir et la frustration, pour le cauchemar ou pour le bonheur.

YUKIO MISHIMA — *Dojoji* et autres nouvelles

Quelques textes étonnants pour découvrir toute la diversité et l'originalité du grand écrivain japonais.

KENZABURÔ ÔÉ — *Gibier d'élevage*

Un extraordinaire récit classique, une parabole qui dénonce la folie et la bêtise humaines.

RUTH RENDELL — *L'Arbousier*

Une fable cruelle mise au service d'un mystère lentement dévoilé jusqu'à la chute vertigineuse...

PHILIP ROTH — *L'habit ne fait pas le moine,* précédé de *Défenseur de la foi*

Deux nouvelles pétillantes d'intelligence et d'humour qui démontent les rapports ambigus de la société américaine et du monde juif.

D. A. F. DE SADE — *Ernestine. Nouvelle suédoise*

Une nouvelle ambiguë où victimes et bourreaux sont liés par la fatalité.

LEONARDO SCIASCIA — *Mort de l'Inquisiteur*

Avec humour et une érudition ironique, Sciascia se livre à une enquête minutieuse à travers les textes et les témoignages de l'époque.

PHILIPPE SOLLERS — *Liberté du XVIIIème*

Pour découvrir le XVIIIème siècle en toute liberté.

MICHEL TOURNIER — *Lieux dits*

Autant de promenades, d'escapades, de voyages ou de récréations auxquels nous invite Michel Tournier avec une gourmandise, une poésie et un talent jamais démentis.

MARIO VARGAS LLOSA — *Les chiots*

Mario Vargas Llosa, écrivain engagé, raconte l'histoire d'un naufrage dans un texte dur et réaliste.

PAUL VERLAINE — *Chansons pour elle* et autres poèmes érotiques

Trois courts recueils de poèmes à l'érotisme tendre et ambigu.

COLLECTION FOLIO

Dernières parutions

3393. Arto Paasilinna — *La cavale du géomètre.*
3394. Jean-Christophe Rufin — *Sauver Ispahan.*
3395. Marie de France — *Lais.*
3396. Chrétien de Troyes — *Yvain ou le Chevalier au Lion.*
3397. Jules Vallès — *L'Enfant.*
3398. Marivaux — *L'Île des Esclaves.*
3399. R.L. Stevenson — *L'Île au trésor.*
3400. Philippe Carles et Jean-Louis Comolli — *Free jazz, Black power.*
3401. Frédéric Beigbeder — *Nouvelles sous ecstasy.*
3402. Mehdi Charef — *La maison d'Alexina.*
3403. Laurence Cossé — *La femme du premier ministre.*
3404. Jeanne Cressanges — *Le luthier de Mirecourt.*
3405. Pierrette Fleutiaux — *L'expédition.*
3406. Gilles Leroy — *Machines à sous.*
3407. Pierre Magnan — *Un grison d'Arcadie.*
3408. Patrick Modiano — *Des inconnues.*
3409. Cees Nooteboom — *Le chant de l'être et du paraître*
3410. Cees Nooteboom — *Mokusei!*
3411. Jean-Marie Rouart — *Bernis le cardinal des plaisirs.*
3412. Julie Wolkenstein — *Juliette ou la paresseuse.*
3413. Geoffrey Chaucer — *Les Contes de Canterbury.*
3414. Collectif — *La Querelle des Anciens et des Modernes.*
3415. Marie Nimier — *Sirène.*
3416. Corneille — *L'Illusion Comique.*
3417. Laure Adler — *Marguerite Duras.*
3418. Clélie Aster — *O.D.C.*
3419. Jacques Bellefroid — *Le réel est un crime parfait, Monsieur Black.*
3420. Elvire de Brissac — *Au diable.*
3421. Chantal Delsol — *Quatre.*
3422. Tristan Egolf — *Le seigneur des porcheries.*
3423. Witold Gombrowicz — *Théâtre*

3424.	Roger Grenier	*Les larmes d'Ulysse.*
3425.	Pierre Hebey	*Une seule femme.*
3426.	Gérard Oberlé	*Nil rouge.*
3427.	Kenzaburô Ôé	*Le jeu du siècle*
3428.	Orhan Pamuk	*La vie nouvelle.*
3429.	Marc Petit	*Architecte des glaces.*
3430.	George Steiner	*Errata.*
3431.	Michel Tournier	*Célébrations*
3432.	Abélard et Héloïse	*Correspondances.*
3433.	Charles Baudelaire	*Correspondance.*
3434.	Daniel Pennac	*Aux fruits de la passion.*
3435.	Béroul	*Tristan et Yseut.*
3436.	Christian Bobin	*Geai.*
3437.	Alphone Boudard	*Chère visiteuse.*
3438.	Jerome Charyn	*Mort d'un roi du tango.*
3439.	Pietro Citati	*La lumière de la nuit.*
3440.	Shûsaku Endô	*Une femme nommée Shizu.*
3441.	Frédéric. H. Fajardie	*Quadrige.*
3442.	Alain Finkielkraut	*L'ingratitude.* Conversation sur notre temps
3443.	Régis Jauffret	*Clémence Picot.*
3444.	Pascale Kramer	*Onze ans plus tard.*
3445.	Camille Laurens	*L'Avenir.*
3446.	Alina Reyes	*Moha m'aime.*
3447.	Jacques Tournier	*Des persiennes vert perroquet.*
3448.	Anonyme	*Pyrame et Thisbé, Narcisse, Philomena.*
3449.	Marcel Aymé	*Enjambées.*
3450.	Patrick Lapeyre	*Sissy, c'est moi.*
3451.	Emmanuel Moses	*Papernik.*
3452.	Jacques Sternberg	*Le cœur froid.*
3453.	Gérard Corbiau	*Le Roi danse.*
3455.	Pierre Assouline	*Cartier-Bresson (L'œil du siècle).*
3456.	Marie Darrieussecq	*Le mal de mer.*
3457.	Jean-Paul Enthoven	*Les enfants de Saturne.*
3458.	Bossuet	*Sermons. Le Carême du Louvre.*
3459.	Philippe Labro	*Manuella.*
3460.	J.M.G. Le Clézio	*Hasard* suivi de *Angoli Mala.*
3461	Joëlle Miquel	*Mal-aimés.*

3462. Pierre Pelot	*Debout dans le ventre blanc du silence.*
3463. J.-B. Pontalis	*L'enfant des limbes.*
3464. Jean-Noël Schifano	*La danse des ardents.*
3465. Bruno Tessarech	*La machine à écrire.*
3466. Sophie de Vilmorin	*Aimer encore.*
3467. Hésiode	*Théogonie* et autres poèmes.
3468. Jacques Bellefroid	*Les étoiles filantes.*
3469. Tonino Benacquista	*Tout à l'ego.*
3470. Philippe Delerm	*Mister Mouse.*
3471. Gérard Delteil	*Bugs.*
3472. Benoît Duteurtre	*Drôle de temps.*
3473. Philippe Le Guillou	*Les sept noms du peintre.*
3474. Alice Massat	*Le Ministère de l'intérieur*
3475. Jean d'Ormesson	*Le rapport Gabriel.*
3476. Postel & Duchâtel	*Pandore et l'ouvre-boîte.*
3477. Gilbert Sinoué	*L'enfant de Bruges.*
3478. Driss Chraïbi	*Vu, lu, entendu.*
3479. Hitonari Tsuji	*Le Bouddha blanc.*
3480. Denis Diderot	*Les Deux amis de Bourbonne* (à paraître).
3481. Daniel Boulanger	*Le miroitier.*
3482. Nicolas Bréhal	*Le sens de la nuit.*
3483. Michel del Castillo	*Colette, une certaine France.*
3484. Michèle Desbordes	*La demande.*
3485. Joël Egloff	*«Edmond Ganglion & fils».*
3486. Françoise Giroud	*Portraits sans retouches (1945-1955).*
3487. Jean-Marie Laclavetine	*Première ligne.*
3488. Patrick O'Brian	*Pablo Ruiz Picasso.*
3489. Ludmila Oulitskaïa	*De joyeuses funérailles.*
3490. Pierre Pelot	*La piste du Dakota.*
3491. Nathalie Rheims	*L'un pour l'autre.*
3492 Jean-Christophe Rufin	*Asmara et les causes perdues*
3493. Anne Radcliffe	*Les Mystères d'Udolphe.*
3494. Ian McEwan	*Délire d'amour.*
3495. Joseph Mitchell	*Le secret de Joe Gould.*
3496. Robert Bober	*Berg et Beck.*
3497. Michel Braudeau	*Loin des forêts.*
3498. Michel Braudeau	*Le livre de John.*
3499. Philippe Caubère	*Les carnets d'un jeune homme.*

3500.	Jerome Charyn	*Frog.*
3501.	Catherine Cusset	*Le problème avec Jane.*
3502.	Catherine Cusset	*En toute innocence.*
3503.	Marguerite Duras	*Yann Andréa Steiner.*
3504.	Leslie Kaplan	*Le Psychanalyste.*
3505.	Gabriel Matzneff	*Les lèvres menteuses.*
3506.	Richard Millet	*La chambre d'ivoire...*
3507.	Boualem Sansal	*Le serment des barbares.*
3508.	Martin Amis	*Train de nuit.*
3509.	Andersen	*Contes choisis.*
3510.	Defoe	*Robinson Crusoé.*
3511.	Dumas	*Les Trois Mousquetaires.*
3512.	Flaubert	*Madame Bovary.*
3513.	Hugo	*Quatrevingt-treize.*
3514.	Prévost	*Manon Lescaut.*
3515.	Shakespeare	*Roméo et Juliette.*
3516.	Zola	*La Bête humaine.*
3517.	Zola	*Thérèse Raquin.*
3518.	Frédéric Beigbeder	*L'amour dure trois ans.*
3519.	Jacques Bellefroid	*Fille de joie.*
3520.	Emmanuel Carrère	*L'Adversaire.*
3521.	Réjean Ducharme	*Gros Mots.*
3522.	Timothy Findley	*La fille de l'Homme au Piano.*
3523.	Alexandre Jardin	*Autobiographie d'un amour.*
3524.	Frances Mayes	*Bella Italia.*
3525.	Dominique Rolin	*Journal amoureux.*
3526.	Dominique Sampiero	*Le ciel et la terre.*
3527.	Alain Veinstein	*Violante.*
3528.	Lajos Zilahy	*L'Ange de la Colère (Les Dukay tome II).*
3529.	Antoine de Baecque et Serge Toubiana	*François Truffaut.*
3530.	Dominique Bona	*Romain Gary.*
3531.	Gustave Flaubert	*Les Mémoires d'un fou. Novembre. Pyrénées-Corse. Voyage en Italie.*
3532.	Vladimir Nabokov	*Lolita.*
3533.	Philip Roth	*Pastorale américaine.*
3534.	Pascale Froment	*Roberto Succo.*
3535.	Christian Bobin	*Tout le monde est occupé*
3536.	Sébastien Japrisot	*Les mal partis*

3537. Camille Laurens — *Romance.*
3538. Joseph Marshall III — *L'hiver du fer sacré.*
3540 Bertrand Poirot-Delpech — *Monsieur le Prince*
3541. Daniel Prévost — *Le passé sous silence.*
3542. Pascal Quignard — *Terrasse à Rome.*
3543. Shan Sa — *Les quatre vies du saule.*
3544. Eric Yung — *La tentation de l'ombre.*
3545. Stephen Marlowe — *Octobre solitaire.*
3546. Albert Memmi — *Le Scorpion.*
3547. Tchékhov — *L'Île de Sakhaline.*
3548. Philippe Beaussant — *Stradella.*
3549. Michel Cyprien — *Le chocolat d'Apolline.*
3550. Naguib Mahfouz — *La Belle du Caire.*
3551. Marie Nimier — *Domino.*
3552. Bernard Pivot — *Le métier de lire.*
3553. Antoine Piazza — *Roman fleuve.*
3554. Serge Doubrovsky — *Fils.*
3555. Serge Doubrovsky — *Un amour de soi.*
3556. Annie Ernaux — *L'événement.*
3557. Annie Ernaux — *La vie extérieure.*
3558. Peter Handke — *Par une nuit obscure, je sortis de ma maison tranquille.*
3559. Angela Huth — *Tendres silences.*
3560. Hervé Jaouen — *Merci de fermer la porte.*
3561. Charles Juliet — *Attente en automne.*
3562. Joseph Kessel — *Contes.*
3563. Jean-Claude Pirotte — *Mont Afrique.*
3564. Lao She — *Quatre générations sous un même toit III.*
3565 Dai Sijie — *Balzac et la petite tailleuse chinoise.*
3566 Philippe Sollers — *Passion fixe.*
3567 Balzac — *Ferragus, chef des Dévorants.*
3568 Marc Villard — *Un jour je serai latin lover.*
3569 Marc Villard — *J'aurais voulu être un type bien.*
3570 Alessandro Baricco — *Soie.*
3571 Alessandro Baricco — *City.*
3572 Ray Bradbury — *Train de nuit pour Babylone.*
3573 Jerome Charyn — *L'Homme de Montezuma.*
3574 Philippe Djian — *Vers chez les blancs.*
3575 Timothy Findley — *Le chasseur de têtes.*

3576	René Fregni	*Elle danse dans le noir.*
3577	François Nourissier	*À défaut de génie.*
3578	Boris Schreiber	*L'excavatrice.*
3579	Denis Tillinac	*Les masques de l'éphémère.*
3580	Frank Waters	*L'homme qui a tué le cerf.*
3581	Anonyme	*Sindbâd de la mer* et autres contes.
3582	François Gantheret	*Libido Omnibus.*
3583	Ernest Hemingway	*La vérité à la lumière de l'aube*
3584	Régis Jauffret	*Fragments de la vie des gens.*
3585	Thierry Jonquet	*La vie de ma mère !*
3586	Molly Keane	*L'amour sans larmes.*
3587	Andreï Makine	*Requiem pour l'Est.*
3588	Richard Millet	*Lauve le pur.*
3589	Gina B. Nahai	*Roxane,* ou *Le saut de l'ange.*
3590	Pier Paolo Pasolini	*Les Anges distraits.*
3591	Pier Paolo Pasolini	*L'odeur de l'Inde.*
3592	Sempé	*Marcellin Caillou.*
3593	Bruno Tessarech	*Les grandes personnes.*
3594	Jacques Tournier	*Le dernier des Mozart.*
3595	Roger Wallet	*Portraits d'automne.*
3596	Collectif	*Le Nouveau Testament.*
3597	Raphaël Confiant	*L'archet du colonel.*
3598	Remo Forlani	*Émile à l'Hôtel.*
3599	Chris Offutt	*Le fleuve et l'enfant.*
3600	Marc Petit	*Le Troisième Faust.*
3601	Roland Topor	*Portrait en pied de Suzanne.*
3602	Roger Vailland	*La fête.*
3603	Roger Vailland	*La truite.*
3604	Julian Barnes	*England, England.*
3605	Rabah Belamri	*Regard blessé.*
3606	François Bizot	*Le portail.*
3607	Olivier Bleys	*Pastel.*
3608	Larry Brown	*Père et fils.*
3609	Albert Camus	*Réflexions sur la peine capitale*
3610	Jean-Marie Colombani	*Les infortunes de la République*
3611	Maurice G. Dantec	*Le théâtre des opérations.*
3612	Michael Frayn	*Tête baissée.*
3613	Adrian C. Louis	*Colères sioux.*
3614	Dominique Noguez	*Les Martagons.*
3615	Jérôme Tonnerre	*Le petit Voisin.*

3616 Victor Hugo	*L'Homme qui rit.*
3617 Frédéric Boyer	*Une fée.*
3618 Aragon	*Le collaborateur* et autres nouvelles.
3619 Tonino Benacquista	*La boîte noire* et autres nouvelles.
3620 Ruth Rendell	*L'Arbousier.*
3621 Truman Capote	*Cercueils sur mesure.*
3622 Francis Scott Fitzgerald	*La Sorcière rousse*, précédé de *La coupe de cristal taillé.*
3623 Jean Giono	*Arcadie... Arcadie...*, précédé de *La pierre.*
3624 Henry James	*Daisy Miller.*
3625 Franz Kafka	*Lettre au père.*
3626 Joseph Kessel	*Makhno et sa juive.*
3627 Lao She	*Histoire de ma vie.*
3628 Ian McEwan	*Psychopolis* et autres nouvelles.
3629 Yukio Mishima	*Dojoji* et autres nouvelles.
3630 Philip Roth	*L'habit ne fait pas le moine*, précédé de *Défenseur de la foi.*
3631 Leonardo Sciascia	*Mort de l'Inquisiteur.*
3632 Didier Daeninckx	*Leurre de vérité* et autres nouvelles.
3633. Muriel Barbery	*Une gourmandise.*
3634. Alessandro Baricco	*Novecento : pianiste.*
3635. Philippe Beaussant	*Le Roi-Soleil se lève aussi.*
3636. Bernard Comment	*Le colloque des bustes.*
3637. Régine Detambel	*Graveurs d'enfance.*
3638. Alain Finkielkraut	*Une voix vient de l'autre rive.*
3639. Patrice Lemire	*Pas de charentaises pour Eddy Cochran.*
3640. Harry Mulisch	*La découverte du ciel.*
3641. Boualem Sansal	*L'enfant fou de l'arbre creux.*
3642. J.B. Pontalis	*Fenêtres.*
3643. Abdourahman A. Waberi	*Balbala.*
3644. Alexandre Dumas	*Le Collier de la reine.*
3645. Victor Hugo	*Notre-Dame de Paris.*
3646. Hector Bianciotti	*Comme la trace de l'oiseau dans l'air.*
3647. Henri Bosco	*Un rameau de la nuit.*

3648.	Tracy Chevalier	*La jeune fille à la perle.*
3649.	Rich Cohen	*Yiddish Connection.*
3650.	Yves Courrière	*Jacques Prévert.*
3651.	Joël Egloff	*Les Ensoleillés.*
3652.	René Frégni	*On ne s'endort jamais seul.*
3653.	Jérôme Garcin	*Barbara, claire de nuit.*
3654.	Jacques Lacarrière	*La légende d'Alexandre.*
3655.	Susan Minot	*Crépuscule.*
3656.	Erik Orsenna	*Portrait d'un homme heureux.*
3657.	Manuel Rivas	*Le crayon du charpentier.*
3658.	Diderot	*Les Deux Amis de Bourbonne.*
3659.	Stendhal	*Lucien Leuwen.*
3660.	Alessandro Baricco	*Constellations.*
3661.	Pierre Charras	*Comédien.*
3662.	François Nourissier	*Un petit bourgeois.*
3663.	Gérard de Cortanze	*Hemingway à Cuba.*
3664.	Gérard de Cortanze	*J. M. G. Le Clézio.*
3665.	Laurence Cossé	*Le Mobilier national.*
3666.	Olivier Frébourg	*Maupassant, le clandestin.*
3667.	J.M.G. Le Clézio	*Cœur brûle* et autres romances
3668.	Jean Meckert	*Les coups.*
3669.	Marie Nimier	*La Nouvelle Pornographie.*
3670.	Isaac B. Singer	*Ombres sur l'Hudson.*
3671.	Guy Goffette	*Elle, par bonheur, et toujours nue.*
3672.	Victor Hugo	*Théâtre en liberté.*
3673.	Pascale Lismonde	*Les arts à l'école. Le Plan de Jack Lang et Catherine Tasca.*
3674.	Collectif	*«Il y aura une fois». Une anthologie du Surréalisme.*
3675.	Antoine Audouard	*Adieu, mon unique.*
3676.	Jeanne Benameur	*Les Demeurées.*
3677.	Patrick Chamoiseau	*Écrire en pays dominé.*
3678.	Erri de Luca	*Trois chevaux.*
3679.	Timothy Findley	*Pilgrim.*
3680.	Christian Garcin	*Le vol du pigeon voyageur.*
3681.	William Golding	*Trilogie maritime, 1. Rites de passage.*
3682.	William Golding	*Trilogie maritime, 2. Coup de semonce*

3683. William Golding	*Trilogie maritime, 3. La cuirasse de feu.*
3684. Jean-Noël Pancrazi	*Renée Camps.*
3686. Jean-Jacques Schuhl	*Ingrid Caven.*
3687. *Positif*, revue de cinéma	*Alain Resnais.*
3688. Collectif	*L'amour du cinéma. 50 ans de la revue* Positif.
3689. Alexandre Dumas	*Pauline.*
3690. Le Tasse	*Jérusalem libérée.*
3691. Roberto Calasso	*la ruine de Kasch.*
3692. Karen Blixen	*L'éternelle histoire.*
3693. Julio Cortázar	*L'homme à l'affût.*
3694. Roald Dahl	*L'invité.*
3695. Jack Kerouac	*Le vagabond américain en voie de disparition.*
3696. Lao-tseu	*Tao-tö king.*
3697. Pierre Magnan	*L'arbre.*
3698. Marquis de Sade	*Ernestine. Nouvelle suédoise.*
3699. Michel Tournier	*Lieux dits.*
3700. Paul Verlaine	*Chansons pour elle et autres poèmes érotiques.*
3701. Collectif	*« Ma chère maman ».*
3702. Junichirô Tanizaki	*Journal d'un vieux fou.*
3703. Théophile Gautier	*Le Capitaine Fracasse.*
3704. Alfred Jarry	*Ubu roi.*
3705. Guy de Maupassant	*Mont-Oriol.*
3706. Voltaire	*Micromégas. L'Ingénu.*
3707. Émile Zola	*Nana.*
3708. Émile Zola	*Le Ventre de Paris.*
3709. Pierre Assouline	*Double vie.*
3710. Alessandro Baricco	*Océan mer.*
3711. Jonathan Coe	*Les Nains de la Mort.*
3712. Annie Ernaux	*Se perdre.*
3713. Marie Ferranti	*La fuite aux Agriates.*
3714. Norman Mailer	*Le Combat du siècle.*
3715. Michel Mohrt	*Tombeau de La Rouërie.*
3716. Pierre Pelot	*Avant la fin du ciel. Sous le vent du monde.*
3718. Zoé Valdès	*Le pied de mon père.*
3719. Jules Verne	*Le beau Danube jaune.*
3720. Pierre Moinot	*Le matin vient et aussi la nuit.*
3721. Emmanuel Moses	*Valse noire.*

Composition Bussière
et impression Bussière Camedan Imprimeries
à Saint-Amand (Cher), le 20 septembre 2002.
Dépôt légal : septembre 2002.
Numéro d'imprimeur : 23507-022856/1
ISBN 2-07-042527-4./Imprimé en France.

14112